Избранник зов предназначения

1, Volume 1

Ярослав Седых

Published by Ярослав Седых, 2024.

ИЗБРАННИК ЗОВ ПРЕДНАЗНАЧЕНИЯ

First edition. April 16, 2024.

ISBN: 979-8224074921

Written by Ярослав Седых.

Пролог

В горах есть большая сила, она притягивает как магнит и дарит чувство свободы, и на вершинах бушует ветер. Что-то шепчет некую тайну. Стоит только прислушаться, и музыка ветра начинает общаться, отвечая на любое движение тела или звук голоса.

Когда он рождался, бушевал ураган. Ветер не стихал, сгибая деревья почти до самой земли. Сверкали молнии, гром гремел с неведомой силой, будто сам создатель говорил с людьми. И вот, когда он родился, все стихло. Его несли жрецы в синих одеждах, несли к алтарю, чтобы провести древний ритуал силы, который мог приблизиться к тайне предназначения и дать небесное имя, что скажут высшие на небесах. Солнцедар нарекли жрецы, и больше не сказали ни слова.

Уже близился рассвет, и на равнинах, где обитало это племя, был густой туман. Он постепенно рассеивался и открывал вид на горные заснеженные вершины вдали. Их же племя обитало на равнине, множество юрт разных цветов и узоров были в этом селении. Каждая юрта это был чей-то род, и узоры и цвета были у всех разные, даже одежды, которую они носили. Тут были все равны, и каждый мог заговорить с любой кастой свободно. Было всего девять каст, высшая же каста это были жрецы, что проводили ритуалы на урожай и от болезней. Также каждого ребенка они нарекали именем, так как они слышали небеса и что душа несла с собой в этот мир. Восьмая каста это были шаманы, они были близки к жрецам, но по силе намного слабее, их стихия было общение с духами и провожание ушедших к предкам. Потом шли , волхвы мудрецы, певцы, правители, полководцы воины, торговцы земледельцы, ремесленники, и отреченные. Последние не имели касты, это те, кто нарушил высший "кон" (свод законов), осквернили свой род убийством или другим тяжёлым поступком, таких выгоняли из племени, ставя печать, чтобы больше никто не смог их принять.

Солнцедар проснулся в своей юрте и вышел на улицу, уже слышались голоса, селение просыпалось. Он увидел певца, который шёл и пел мелодичным голосом:

"Как сила та пришла в наш дом,
Мы приняли её к себе.
И солнце вновь светило нам,
Посев взошёл, любовь пришла в наш дом.
Молили звёзды, пробудите,
Спасение, вы к нам пришлите!
Услышали нас небеса, послав
силу древнего через наши голоса!"

Солнцедар махнул певцу, и пошел дальше по дороге, что вела к жрецам. Сегодня ему 16 лет, и значит, он должен пройти обряд, через который узнают о его касте. Он думал над этим долго. У него были способности к поэзии, пению, и в то же время ему нравилось многое делать, а не зацикливаться на чем-то одном. Но сейчас пришло время сделать именно это. Он понимал, что отчасти прежней жизни, можно сказать даже беззаботной жизни, пришел конец. Пришло время взять ответственность, занять свое место в обществе. Он уже подошёл к юрте, которая была фиолетового цвета с птицами на узорами, типичный знак жрецов. Двери открылись, и его пригласил один из жрецов, молодой, но с бородой и в синем одеянии, как и подобает жрецам.

— Добрый рассвет тебе, Солнцедар, проходи, всё уже готово.

— Добрый рассвет, Жрец.

ИЗБРАННИК ЗОВ ПРЕДНАЗНАЧЕНИЯ

Солнцедар слегка улыбнулся и прошел внутрь юрты. Внутри пахло травами и деревом. Посередине стоял алтарь с камнем. Он подошёл и приложил руки к камню, прося создателя и род послать ему то, кем он должен стать. Три старых жреца встали вокруг и шептали свои молитвы. Потом ему дали выпить какой-то напиток, он был горький и одновременно сладкий. После того как он выпил, голова закружилась. Его попросили лечь на кровать. Он закрыл глаза и слушал голоса жрецов, которые были все громче. Они взывали к матери земле, к священному огню, к древнему роду. Их голоса становились все дальше. Всё закружилось, потом яркий свет, но и он погас. Все тело сдавило, будто на него положили гору. И вдруг он почувствовал лёгкость. Он смотрел на огромное дерево, возле которого стоял. Оно было такое большое, что не было видно его краёв. Оно шло дальше в небеса, и свет лился как река от корней к небесам. Это род, древо иггдрасиль, огромное. От него веяло такой силой и спокойствием. Он подошёл и обнял его. Дерево качнулось, и его ветви обняли его. Он оказался внутри, внутри мира. Нахлынули тысяча образов, тысяча историй. Огонь лился в разных образах, оставляя после себя пепел раздумий. Сгорало невежество, сгорал мир, или обновлялся? Что останется после? Солнце закрыла луна, огонь пропал. Послышался вой волков, и тени и шепот о чём-то молили, кричали. Время жатвы, последнее время, скоро всё закончится, все сгорит дотла.

— Нет, это не правда, вы врёте! Кто вы!?

— Мы подземные боги, мы тёмная сторона луны, и страхи. Мы войны и страдания. Мы просто винтик в этом мире, всего лишь питаемся злом.

— Но вы не имеете права порабощать, не имеете права приказывать мне!

Послышался треск и дикий вопль. Всё погасло, и солнце вновь взошло. Всё гармонично, всё так, как должно быть.

Кто я?

Ты часть всего этого, и горит в тебе свет солнца и рожденной звёзды. Ты должен отправиться в путь и покинуть это селение. Твое место не здесь. Надвигается буря, которую ты можешь остановить. Двигайся на север к зеленому мосту. Тебя ждут там, тебя ждут...

И снова тяжесть, а потом боль, и он очнулся. Огонь догорал, жрецы мазали его тело чем-то белым. Это была глина, чтобы снова заземлиться, чтобы снова быть здесь.

Солнцедар открыл глаза, все светилось яркой синевой вокруг от каждого предмета шло свое сияние и все было в разных красках, он услышал звон жрец бил в колокол чтобы пробудить его от видений, постепенно его сознание вернулось и он вернулся в свое обычное состояние. Велеслав я не могу понять кто он, я не видел его касты, это очень необычно, мы никогда с таким не сталкивались, кто он? Самый старый жрец почесал бороду, действительно это загадка, он подошёл к Солнцедару , здравствуй, дай мне свою руку, жрец взял его за руку, и шептал какие-то слова которых было не разобрать но было понятно что это не их язык а древнее наречие, я не понимаю, стрелка двигаться но не останавливается, это может значит только одно, ты должен найти свою касту сам и не тут, в другом селении. Солнцедар приподнялся, голова ещё немного кружилась. От обратился к жрецу.

— Велеслав, я видел много образов и голос который сказал чтобы я шёл к зелёному мосту на север что это всё значит я не понимаю.

— Мало кому удавалось самому попасть в само древо и выдержать ту силу и поток знаний, я сам в недоумении, на такое способны лишь приближенные к богам, но я знаю одно, зелёный мост это проход в другой мир, где обитают те кто намного выше нас по знаниям, если тебе сказали туда отправляться значит так и должно быть,ты должен идти.

Глава 1

В Пути

Поднялся ветер, и тучи покрывали небо. Скоро дождь. Я собирался в дорогу и думал о предстоящем пути. Вспоминая тот ритуал и сколько образов нахлынуло, как много ещё предстоит узнать и сколько загадок. Я вспоминал, как ещё недавно всё было проще, не было того груза ответственности, и что дальше, лишь только предполагать.

В юрту постучали, и не дожидаясь моего ответа, вошли. Передо мной стояла мать и какой-то коробочкой. — Привет, Кир, возьми это с собой. Это наш родовой браслет, в нем мудрость наших предков, и он защитит тебя в пути, — она протянула мне коробку, я взял её. — Здравствуй, матушка, благодарю. Ты очень добра, я сохраню его.

Я шёл по дороге. Моросило дождём, но на мне был толстый плащ, который пока согревал. Я увидел, как сверкнула молния, грянул гром. Грустно было прощаться с домом, но я должен был найти свой путь, всё к этому вело, так и должно было случиться. Тучи сгущались. Нужно было найти укрытие. Я смотрел по сторонам. Вдалеке виднелись скалы.

Я уже шёл два дня и очень мало спал, нужно было сделать большой привал. Дойдя до скалы, там я обнаружил небольшую пещеру. Достав в округе более-менее сухие дрова, я растопил костер. Я вспоминал о моей жизни в деревне, и на лице появилась улыбка. Мне было десять лет, мы вышли из юрты с моей младшей сестрой, которую звали Риана. Ей было восемь лет, у нее были такие же синие глаза, как у меня, и волосы цвета пшеницы. Мы очень дружили, иногда ссорились, но быстро мирились, доверяя друг другу самые сокровенные секреты. Мы двинулись на учения к жрецам, лишь немногие удостаивались такой чести, но жребий выпал нам. Мы вошли в храм, он был куполом. Там уже сидели другие дети, мы сели на скамью, и подошёл жрец.

— Мы сегодня будем учиться очень интересному приёму, который использовать мы имеем право лишь в крайних случаях, а если нарушите этот закон, то... надеюсь, никто из вас не хочет стать отреченными?

— Нееет! Закричали дети почти в один голос.

Жрец поднял руку, и в зале повисла тишина. "Разбейтесь на пары, Кир, сегодня будешь тренироваться с Рианой." Мы сели напротив друг друга. Жрец продолжил: "Все девять кругов разума, дойдя до последнего, мы получим полный доступ в воспоминания соперника. Мы уже проходили медитацию, вы научились входить в состояние тишины, используйте это, потом нащупайте в голове противника тонкую энергетическую ткань граней его сознания; там находятся мысли, желания, история нашей жизни от начала и до конца. Найдите то, чего не знаете о сопернике, и по очереди!"

Я сказал Риане, что она может начинать первая. Она посмотрела на меня, и я почувствовал некую пульсацию и щекотание в голове. Я сам начал видеть картинки из своей жизни, они быстро мелькали в моем сознании.

— Кир сжёг мою любимую игрушку, деревянного коня, которую я искала неделю назад! Закричала Риана.

"Что ж, это было правда. Почему я это сделал? Всё просто, если игрушка мне нравится, но она мне не принадлежит, то пусть не принадлежит никому. Это было нехорошо с моей стороны, и я это знал, но тогда мы поссорились, и я не думал о последствиях.

— Молодец, Риана! Похвалил жрец. А ты, Кир, подумай перед тем, как делать что-то; не поддавайся эмоциям разрушения, ибо зерно всегда даёт плоды, если поливать почву.

Дети смотрели на меня и посмеивались, некоторые шептались.

— Тишина! Жрец поднял руку. Кто из вас сейчас сохраняет чистое сознание? Мы стремимся к познанию, к росту, ища пути богов. Другой путь лишь идти по пути смердов, которые хуже отреченных; даже животные не пали до такой низменности, как они. Но помните, у каждого есть право выбирать, но такие нам в этом селении не нужны, это одна дорога к печати отреченного. Запомните это. В зале повисла тишина, кто-то даже перестал дышать. "Жрец говорил правду, но он слишком давил на нас, или может быть, это было частью учения? Чтобы мы могли сопротивляться чужой воле?" Жрец повернулся ко мне.

— В верном направлении мыслишь, Кир. Я ахнул, он все это время читал мои мысли.

— Это не сложно, Кир. Твои мысли витают в пространстве и ничем не защищены, но мы к этому ещё вернёмся. Продолжаем! Дети снова начали сосредотачиваться, и я в том числе. Я глубоко вздохнул, отпуская все мысли, пусть плывут по реке сознания, но моё внимание больше не на мыслях, а на задаче, перед которой я стою. И мысли рассеялись. Я посмотрел на Риану и увидел, как полыхает, переливаясь голубым светом, в её голове сознание. Я собрал свою силу и устремил туда. Увидел картинки, которые сменялись другими. Я искал то, чего не знаю, и нашёл.

— Ты спрятала мой браслет! А говорила, что его потеряла.

— Риана усмехнулась. Я его забрала, так же как ты моего коня!

— Ну и забирай, попрошу деда новый сделать.

Жрец подошёл, улыбаясь.

— Вас я ставлю в пару последний раз. Сказал он.

"Да, детство отпечатывается в нашем сознании ярко" подумал я и посмотрел на костер. Иногда в огне появлялись образы и вновь исчезали. Сначала я увидел лицо человека. Он смотрел, и в глазах его было что-то знакомое, но я никак не мог понять что. Потом увидел ребёнка и какие-то знаки. Всё плыло, и глаза слипались. Я прилёг на лежанку и заснул. Во сне я гулял в лесу, и птицы пели. Было так спокойно. Потом какой-то шепот... Надвигается... слышу, идёт. Он близко, так близко. Слышишь? Услышь... услышь меня! Голова закружилась, и весь мир вращался со мной. Я стал кричать и проснулся. Уже рассветало, от костра остался один пепел. Было прохладно. Я собрался и двинулся снова в путь.

Так я шёл неделю. День сменялся ночью, ноги болели, но с каждым днём я чувствовал, как они крепли. "Сколько шагов предстоит пройти, обогнуть землю мать и дойти до того зелёного моста?" Я вспомнил древнюю песню, легенду, в ней пелось как-то так:

*"За мостом зелёным
прячется древняя сила.
Кто пройдет его
и на той стороне
себя найдет, будет
злато по пути сверкать
и манить сладко шептать.
Но не слушай, путник, ложные
голоса, иди дальше, не трогай
ты злата, ведь на той стороне
ты дар обретёшь, откроешь
истину, память обретёшь".*

"Да, сколько всяких легенд и преданий, мифов. Знать бы, где в этом правда. Ведь я уверен, что в каждом предании есть часть правды".

Через месяц пути я увидел вдали дым от домов. Я приближался к какому-то селению. Когда я приблизился ближе к деревне, увидел дома из дерева и вырезанные на них знаки. Это было необычно, но я читал о такой архитектуре в книгах. Было чувство восторга от чего-то нового. Так хотелось узнать, как тут живут люди. Поистине везде мир разный. Навстречу мне шла девушка в платье и вышивкой. Поравнявшись с ней, я поздоровался.

— Добрый день тебе.

— Здравствуй. Девушка улыбнулась. У неё были светлые длинные волосы, сплетенные в косу, а на волосах были красные ленточки.

- Я иду издалека на север, и ищу место, где остановиться. Может, ты не подскажешь, где у вас можно переночевать?

— Ой, у нас не такая уж большая деревня, и даже нет гостевых домов. Но я могу спросить у родителей, может, они примут тебя.

— Очень благодарен. Я слегка поклонился девушке, используя обычный жест благодарности в моем селении. Она странно на меня посмотрела и захихикала. Я не стал спрашивать почему, но догадался, что тут так не принято. "Сколько разных традиций! Хотя я месяц в пути, сколько верст уже прошел". Я всё думал о своём пути, как не заметил, как мы подошли к дому. Девушка открыла дверь и меня пригласили внутрь. Внутри пахло свежеиспеченным хлебом и квасом. Я вошёл в просторную гостиную и встретил рослого мужчину с добродушным взглядом. Он протянул мне руку и крепко пожал, поздоровался.

— Здравствуй, путник, — сказал он мне. — Дочка сказала, что ты издалека. Ты присаживайся. Мира, дочка! Ну, поухаживай за гостем, отнеси его вещи в его комнату. Мира, девушка, что меня встретила, принялась брать мои вещи. Мне стало неловко, но девушка лишь остановила меня жестом, мол, у нас тут это нормально, не переживай. Я задумался. "Никто не должен знать моего небесного имени только имя земное что дала мне моя матушка".

— Меня зовут Кир, я издалека пришёл, я держу путь на север и хотел бы остановиться у вас.

Мужчина улыбнулся.

— Меня зовут Славий. Из далека говоришь? Да, вижу, что не из этих мест ты, слишком уж чудной.

— Моё селение называется "Ветви древа", я оттуда родом.

— Хм, не слышал о таком, но разные слухи ходят. Ты лучше так открыто не говори, многие боятся того, чего не знают, - мужчина странно на меня посмотрел, и мне стало немного не по себе, но в ту же секунду понял, что это скорее всего мои домыслы. Принесли еду и ароматный травяной чай из печи. Мы сели за стол, и к нам присоединилась ещё женщина возраста Славия и с такими же светлыми волосами как у Миры. Она сказала, что её зовут Заря, и мы сели ужинать. Мне рассказывали о селении, расспрашивали о том, где я вырос, и через какое-то время Мира уже провожала меня ко мне в комнату. Она открыла дверь и указала на мою кровать, зажгла свечку и постелила мне постель. Всё таки было немного неловко, когда за мной ухаживали, так как у нас это было не принято. Я сел на кровать, и Мира собиралась уже уходить, но я коснулся её руки: — Подожди — она смущённо на меня посмотрела, но остановилась. — Присядь со мной, я хочу кое-что спросить. — Она села тихонько рядом и посмотрела на меня своими большими и красивыми синими глазами. — Спрашивай.

— Почему, когда я сказал, что я из селения ветви древа, то твой отец как-то странно на меня посмотрел? Какие слухи ходят, почему мне не стоит говорить, откуда я? — Мира вздохнула и, видимо, не хотела говорить, но все же решилась: — Кир это сложно, люди везде разные и любят сплетничать. Об этом селении ходят слухи: что вы там приносите кровавые жертвы, что вы поклоняетесь не тем богам, что вы можете легко изгнать из своего поселения, и ещё много разных слухов, которые даже я не слышала.

— Но это не правда! Единственное, что мы можем изгнать, это за убийство или другие тяжелые поступки, совершенные людьми. Мы стараемся держать наше селение чистым и передаем знания из поколение в поколение.

Мира улыбнулась и посмотрела на меня понимающими глазами.

— Я знаю, что многое из этого ложь, и я не верю этим слухам. Ты ещё многое услышишь, ведь большинство предпочитает ложь правде, просто потому что так легче. Между нами повисло неловкое молчание, и я услышал, как Мира дышит. Я молчал.

— О чем ты думаешь? Она посмотрела на меня, и в её глазах читался интерес. — В моей жизни всё так резко поменялось. Ещё месяц назад я не думал, что всё так обернётся. Я мечтал о своей касте, просто хотел быть как все, но обряд показал, что я не один из них. Меня будто выгнали, но я знаю, что это не так. Как смириться с тем, что произошло? Иногда тяжело принять то, кто я есть.

Мира сжала мою руку и с сочувствием посмотрела.

— Я верю, что всё ещё изменится. Ты вырастешь и будешь смеяться над этим. — А ты мудрая, — она довольно улыбнулась, и повисло молчание. — Мне нужно идти спать, — сказала она, и вышла быстро из комнаты.

Когда выходил из дома, Мира махала мне рукой. "Да, вывод один ясен точно: рассказывать правду бывает опасно. Лучше придумать свою легенду, ведь не знаешь, какие люди могут попасться."

Глава 2
Встреча

Через два дня начали встречаться повозки с лошадьми, дороги стали оживленнее. "Хм, может, я приближался к другой деревне или городу?" Я решил спросить, догоняя впереди идущую телегу, на которой сидел мужчина.

— Здравия человек! — крикнул я.

Мужчина обернулся. — И тебе мир, человек. Надобно что-то?

— Я хотел узнать, куда ведёт эта дорога.

— Ааа, так это к городу Землеграду, это торговый большой город. Местный князь Волар нас, торговцев, жалует. Одна радость там торговать. А ты потерялся или ищешь что?

— Я вообще держу путь на север, но хочу остановиться в городе на ночлег. Может, подвезёшь меня? Я заплачу.

— На север путь не близок, тем более пешим. Так ты больше года будешь добираться. Залезай, хоть до городая тебя довезу.

Я запрыгнул на телегу, сев на мешки. Хоть отдохну после долгого пути.

— Меня зовут Кир, из юга иду, — сказал я мужчине.

— Он посмотрел на меня косо. Хм, с юга на север? Странный ты однако, — сказал мужчина, меня Веня звать.

Я протянул ему медную монету, мужчина сгреб её из моих рук и довольно хмыкнул. На следующий день мы подъехали к городу. Стены были внушительными, много купольных зданий и белых крыш. У ворот нас встретили стражи. Они огляделись нас и один из них спосил:

— Торговать?

Мужчина протянул какой-то листок, стражник прочитал и отдал.

— Приезжайте, — сказал он. А нет, постой. Это ваш помощник или кто?

Я решил ответить:

— Нет, я хочу остановиться на ночлег. Иду издалека на север.

— На север, а куда точно? — спросил стражник. Этот вопрос для меня стал неожиданностью. Я плохо знаю местность и не знал, что ответить. Эээ, в северную столицу! — придумал я.

Хм, хм, ладно, проезжайте, — согласился стражник.

Попрощавшись с Веней, я оказался на главной площади. Вокруг было много народу, все одеты в богатую одежду из шелка и бархата. "Да, живут люди, конечно," - подумал я, Подходя к ближайшей лавке, я узнал, где здесь можно остановиться на ночлег, двинулся в путь. Однако краем глаза на одной из лавок увидел карту. "О, это то, что мне нужно".

— Мир вам! — обратился я к продавцу.

На меня посмотрел юноша и громко ответил:

— Доброго дня! Что ищешь? Может, котомку? Или меч для богатыря? Может, лук? Или одежду? Внимательно оценивая меня с ног до головы.

Я поднял руку: — Мне нужна карта до севера.

Юноша взглянул на меня, нахмурившись, и начал рыться под лавкой. Через некоторое время он достал кусок плотной ткани, на которой была вышита карта. — Вот это ценная вещь и дорогая. Один золотой!

"Что?" — удивился я и посмотрел на него недоверчиво, уже собираясь уходить.

Однако юноша меня остановил:

— Ладно, ладно, шучу я. Один серебряный, и уж поверь, это я тебе ещё по лучшей цене продаю.

ИЗБРАННИК ЗОВ ПРЕДНАЗНАЧЕНИЯ

"Да, вот что значит город торговцев, вешали бы сразу цену а не обманывали народ, ладно деньга имеется" — Я дал ему серебряный.

Я сидел в своей комнате, которую только что снял в недорогой таверне, и разглядывал карту. "Если я не ошибаюсь, то мне нужно пройти немало городов, и этот ещё покажется селом по сравнению с другими". Выйдя на улицу я увидел юношу в ярких одеждах он кричал; "Узрите тайны магов! Силы небес, найдите свою судьбу, путник!" — громко кричал глашатай, подходя ко мне и крича почти на ухо запихнув мне какой-то свиток и помчался дальше. "Бешеный город какой-то". Я развернул пергамент. Это было приглашение в магический театр. Хотя правильнее было бы назвать его театр фокусников. Я уже хотел выкинуть приглашение, но передумал. Нужно как-то развлечься после долгого пути.

Я вошёл в зал, где уже собиралось много народу, на сцене появились актёры, и представление началось.

Вышел юноша, в его руке был деревянный меч белого цвета, и он сказал:

"Как предсказали три оракула, я явился спасти этот мир, я избранник!" Потом появились тучи из пергамента, что несли два юноши, бегая по сцене, и появился парень в темном плаще:

"Я вестник, и я покорю этот мир огнем, все склонятся надо мной!" Вестник поднял руки, и тучи рассеялись.

"Мне предсказано победить! И я выиграю эту битву!" Он направил меч на вестника, а вестник достал свой меч темного цвета. Они начали драться на мечах. и мне захотелось смеяться хотя это была драма. Потом вышел мужчина с разрисованными зелёными полосами на лице.

"Я друид и хранитель природы, не смейте осквернять мой храм," - заявил он, достав лук и целясь в них. Дальше стало ещё хуже, и мне стало порядком надоедать. Какая-то комедия. Я уже пожалел, что пришёл, и собрался уходить, но вдруг голова закружилась, в висках застучало:

"Хранитель, у него есть тайна, хранитель! Возьми чашу, возьми её!" Мир поплыл, стало душно. Я шатаясь пошёл к выходу, и боковым зрением увидел тёмный плащ возле выхода. Мне нужно туда! Я помчался в ту сторону, пытаясь смести своё состояние, и вышел на улицу. Никого не было. Странно. Я прошёл в сторону своей таверны, ноги, немного подкашивались. Прийдя в комнату и упав в постель, я уснул.

Утром в дверь постучали, потом вошёл мальчик и передал мне письмо, так же быстро убежал. Я открыл содержимое.

"Сегодня, когда пробьет третий удар колокола, я буду ждать тебя возле фонтана".

Хм, и не подписано. Может, ловушка? И кому я понадобился? Долго я не раздумывал. Услышав второй звон колокола, я оделся и пошёл к выходу. Я стоял у фонтана и ждал, непонятно кого и зачем, но что-то подсказывало мне, что всё правильно. До моего плеча коснулись.

Я обернулся. Передо мной стоял мужчина средних лет, но уже немного седой, на нем был плащ темного цвета с белыми узорами странных сплетений. — Здравствуй, Кир, — мужчина слегка поклонился, и я также ответил поклоном.

— Кто вы? — спросил я.

— Я всего лишь посланник. Мой друг, которого уже нет в живых, передал мне послание для тебя. Оно от твоего отца, — объяснил он.

Я посмотрел на него, и теперь запутался ещё больше. Я не знал своего отца и никогда его не видел. Мне никто ничего не рассказывал, а моя мать каждый раз, когда я спрашивал, просила больше не расспрашивать. "Но почему?"

Сердце забилось. Я хотел узнать правду, узнать кем он был, и почему он покинул нас. Мужчина достал большой свёрток и протянул мне. — Прости меня, у нас мало времени. Многие ответы там, — сказал он, и пропал из виду, оставив меня стоять со свертком в руках.

Я сидел в своей комнате и дрожащими руками открыл свёрток. Там лежала книга с похожими на плетения на плаще незнакомца. Я открыл книгу и увидел непонятные символы от начала до конца. Я не понимал ни одного слова. Волнение сменилось разочарованием, а потом злостью. Почему моя жизнь так наполнена загадками? Как только я начинал понимать что-то, всё снова ускользало из рук.

В дверь постучали, и я раздражённо ответил. "Войдите!" На пороге стояла девушка с темными волосами, её глаза выражали страх. Она дрожащим голосом спросила, останусь ли я ещё на одну ночь. Я немного успокоившись ответил что нет, и она быстро ушла, видимо решив, что лучше не задавать лишних вопросов.

Я собрал свои вещи, глубоко вздохнув. Интересно, что ещё меня ждёт? Всё было не так, как я себе представлял.

Я скакал на коне, который купил в городе, и радовался, что больше не придётся стирать ноги до мозоли и в кровь. Но через пару дней пути я понял, что теперь будут болеть и другие места. И вот я сижу у костра, глядя на огонь, и через какое-то время проваливаюсь в сон.

Идёшь дорогою судьбы?
Знаки силы ты прими!
Позволь же литься силе,
И врата памяти отвори,
Читай между строк,
Слушай тайны, и смотри.
Свет увидишь ты в ночи,
Птица вещая летит,
О тайнах шепчет, говорит.

Я слышал этот голос во сне, и потом полились картинки и знаки из книги, и слова. Так много всего! И я очнулся, было ещё темно, светила луна. Я полез в котомку и открыл книгу, на первой странице были слова, слова, которые я понимал! Я перевернул, но дальше были лишь те же непонятные знаки.

Я вернулся на первую страницу и начал читать.

Чем больше я читал, тем жарче становилось, будто внутри полыхал огонь.

"В тебе сокрыта сила, стихийная она, как ураган. Откроет двери туда, куда ты направляешь. Ты соткан из нитей разных миров, что столкнулись в разгар битвы богов. Вечность твоя память, и кровь твоя древнее жизни. У тебя есть доступ к знаниям, что спасут мир. Надвигается буря, и ты можешь её остановить".

"Стоп, я слышал это в своих видениях. Хм", я начал читать дальше.

"Священный огонь, древний род, память миров, твои спутники. Ты на пути к познанию, на пути к творению. Все в личинах и иллюзиях. Порою все не так, как ты видишь. Открой свои глаза! Открой их!"

Сердце забилось, голову сдавило, стало тяжело дышать. Во лбу горело, глаза начали болеть и пульсировать. Я со стоном упал на землю. И потом темнота.

Глава 3

Лес Друидов

Я очнулся, когда начинало рассветать. В теле была легкость, а голову больше не давило. Я собрал вещи и двинулся в путь.

Приближаясь к лесу, который был довольно внушительным – кроны деревьев раскачивались и скрипели, я спустился с лошади и пошёл пешком. Достав карту, я нашёл этот лес – он был лишь небольшой пометкой и назывался "Лес друидов".

Ближе к вечеру я сделал привал и распалил костер. Лошадь паслась, щипая траву, а я высыпал ей ещё немного зерна. Она довольно заржала и принялась есть. Я же варил в котелке крупу с овощами. Приготовив еду, я принялся за неё, но через мгновение услышал треск недалеко от себя. Лошадь беспокойно повернулась – что-то не так. Чуя опасность, я достал кинжал и медленными шагами пошёл в сторону звука. Никого нет. Странное место. Решив не тушить костер, я лёг спать.

Рычание, хруст, тяжёлые шаги. Я резко проснулся. Лошадь брыкалась, и веревки порвались, и она поскакала прочь. Но главное было не это: в шагах в четырёх стоял огромный бурый медведь, рыча и оскалив свои огромные зубы. Он приближался ко мне, в его глазах читались дикость и голод. Давно не ел. Что ж, ужином для него я точно не хотел быть.

Я достал кинжал и медленно двинулся навстречу ему. Терять было нечего: убежать и залезть на дерево я точно не успею. Медведь, будто услышав мои мысли, рванул в мою сторону так быстро, что я едва успел отскочить. Его лапа проскользнула по моему виску, и полилась кровь – лишь царапина. Почувствовав кровь, медведь ещё больше озверел и прыгнул на меня всем своим весом. Я качнулся, и, прыгнув слева от него, вонзил кинжал в его лапу. Медведь громко зарычал, а я, собрав в себе силы, закричал – не как человек, а как бешеный шакал. Вложив всю силу в голос, я заставил медведя, словно ошпаренного, двинуться назад, похрамывая на переднюю левую лапу.

Я уже обрадовался, что всё закончилось, но услышал голоса. Они кричали с разных сторон, и меня окружили люди в зеленых одеждах, каждый с луком, нацеленным прямо на меня. "Что ж, вот тут придётся сдаваться". Подумал я.

Я положил кинжал на землю.

— Я вам не враг, слышите! Я вам не причиню вреда! – "хм, правда, скорее вы мне". Я резко обернулся, но было уже поздно. К моему носу поднесли что-то, и резкий запах ударил в голову. Дальше – лишь какие-то образы, воспоминания... Я уже не был тут, а опять там, дома, в своем селении, и алый свет был вокруг.

Я услышал женский голос:

— Чужак ещё не очнулся. Мы дали ему сонное зелье. Что с ним прикажешь делать?

Второй голос, более грубый, мужской, ответил:

— Он ранил нашего хранителя. Он должен ответить за это. Он должен ответить своей жизнью!"

Я открыл глаза. Рядом со мной стояла девушка лет 19 в зеленой обтягивающей одежде и мужчина в таком же одеянии и с темной бородой. На его голове был зеленый венок – видимо, это их предводитель.

Увидев, что я очнулся, меня взяли двое солдат под руки и потащили куда-то. Оказавшись в окружении народа, я услышал гогот, как от диких зверей.

Но меня привлекло не это. На троне сидел седой старик. Он поднял руку, и все замолчали. Его взгляд повернулся ко мне. Он смотрел грозно, и в его глазах не было ничего хорошего, по крайней мере, для меня точно.

ИЗБРАННИК ЗОВ ПРЕДНАЗНАЧЕНИЯ

Старец указал на меня пальцем и начал говорить:

— Ты нарушил наш священный закон, чужак! Нельзя убивать или ранить зверя. За это ты должен ответить по закону. Ты должен расплатиться своей жизнью!

Народ опять начал кричать и довольно что-то обсуждать. "Нужно что-то делать, пока не поздно", — подумал я. Но, посмотрев на свои связанные руки, я понял только одно: делать что-то уже поздно.

Кто-то закричал:

— Приведите зверя!

Народ начал расступаться, и моему взору открылся тот самый медведь. Он хромал на одну лапу, и его держали за две большие веревки дюжина друидских воинов.

Мне развязали веревки, и народ отошел подальше. Старец, что сидел на троне, поднял руку, и солдаты, что держали медведя, отпустили веревки.

Медведь яростно зарычал, видимо, подумав, что наконец-то может мне отомстить. И через один прыжок он уже был в двух шагах от меня.

Время замедлилось. Я отчаянно пытался найти в уголках своего сознания те крупицы знания, что получил в своем селении.

"Кир, а теперь ты! Жрец указал на меня, и я приблизившись к маленькому волку, который был точно не дружелюбным, смотрел на меня своими дикими глазами, но где-то в глубине было видно, что он защищается. Это все, что у него есть — его жизнь, и он любой ценой будет её защищать до конца.

Задача стояла в том, чтобы приручить зверя, и не каким-то грубым способом, нужно было нащупать эту связь, связь с животным и укрепить её, поддаться ей, впустить в себя его чувства и открыть животному свои. Я подошёл к волчонку, и мысли пропали. Я видел эту нить, она была серебряного цвета и светилась, и я впустил в себя, открылся ему, и нахлынули чувства.

Он боялся, он хотел, чтобы его защитили. Я подошёл ближе, волчонок смотрел на меня, но больше не было там злости, а лишь надежда. Я осторожно положил ему руку на голову, он не сопротивлялся, я погладил его и взял на руки".

"Нить, нащупать эту связывающую нить, вот что главное," — медведь шагал медленными шагами, видимо наслаждаясь своим превосходством, но я не поддался страху. Отпустив мысли, я её увидел. Это была толстая нить цвета серебра, и я влился в эту структуру и впустил в себя его эмоции и чувства, соединив себя с ним. Я мысленно сказал: "Я тебе друг, и не причиню вреда". Медведь был рядом, его огромная морда смотрела на меня дружелюбным взглядом. Он лизнул мне руку и сел рядом. Друиды охнули, старый друид на троне тоже смотрел удивлённо, но в тот же момент смахнул с себя это и снова надел свою маску непроницаемости.

— Дух хранитель, принял тебя! — Ты прощён, чужак!

Мы сидели за столом, и все ели. Ко мне присела друидка, которую я видел утром.

— Ты удивил всех, чужак. Как тебе удалось приручить зверя, ещё ни одному из чужаков так не удавалось? - спросила она.

Я повернулся к ней и подумал, "Хм, значит, я не первый, кого они хотели казнить. Что ж, такие у них правила".

— Меня зовут Кир. Я не просто чужак, я из тех мест, где люди многое знают, - сказал я.

— Я Брайана, - ответила она.

— А что значит твоё имя?

— У нас это значит сильная и благородная.

— У тебя красивое имя.

— Спасибо, - улыбнулась она и толкнула меня так, что я чуть не упал. "Да, сильные женщины, однако, эти друидки",

— Так как же ты забрёл в наши леса, Кир? Только отчаянные сюда бегут от кого-то спасаться и искать убежища," - продолжила Брайана.

— Я иду на север, и я не знал, что тут опасно. Просто решил скоротать путь. Если бы знал, что будет, тысячу раз бы подумал - ответил я.

Она засмеялась и закричала:

— Лея! Иди познакомься с нашим гостем. К нам подошла девушка, у нее были волосы серебряного цвета, на голове был венок, и зелёное платье. Она скромно улыбнулась, коснулась своих губ рукой и приложила её к моим, потом села с нами рядом, и я посмотрел на неё, не понимая, что происходит.

-— Это наш тайный знак, который означает, что она выбрала тебя своим мужем, — прошептала мне Брайана на ухо. — Она моя сестра и дочь предводителя, а ты один из нас.

Хм, странные у них традиции: только увиделись, а мне предлагают женитьбу. Я повернулся к Брайане и тоже прошептал на ухо.

— Я могу отказаться?

— Если ты откажешься, то нанесешь оскорбление нашему племени и будешь изгнан навсегда без права вернуться. И поверь, друиды не только в этом лесу, тебе в каждом лесу будут не рады, а слухи быстро расходятся. "Да, вот это я попал, не прошло и пару месяцев, и у меня уже жена скоро будет. Нужно сбегать из этого леса, пока не поздно". Брайана хитро улыбнулась и сказала, что у нее дела, и ушла. Лея смотрела на меня, она действительно была красива, с красивыми серо-голубыми глазами, волосами сплетёнными каким-то растением, и кулоном из дерева с каким-то знаком.

"Да, я бы мог тут остаться, забыть про своё предназначение, просто жить как все, но ведь я знаю, что нужно продолжать путь, и задерживаться надолго я тут не могу".

— О чем так задумался? - спросила меня Лея, прервав мои размышления.

— Хм, думаю, почему ты такая красивая, - сказал я.

— Знаешь, я бы тебе поверила, но ты думал не об этом, и лгать ты не умеешь. Мы друиды это чувствуем. С нами природа, и природа всегда гармонична и не умеет лгать, - сказала Лея.

— Ты действительно хочешь стать моей женой, или это такая традиция, вот так не узнав друг друга выходить замуж?

— Ты стал другом нашему хранителю, и в дар мой род тебе отдаёт меня в жёны. Для меня это честь стать женой.

— Но ты же не должна слепо следовать правилам, что говорят тебе твои чувства? - Она грустно улыбнулась, но снова вернув свою улыбку, ответила:

— Наши традиции очень древние, и если нарушить их, могут изгнать из племени, если не хуже.

Подошёл мужчина с бородой, тот же, которого я видел утром. Он заговорил своим громогласным голосом: — Здравствуй, Кир. Я Атти, мы виделись утром. Пошли за мной, готовится к свадьбе.

На следующий день я проснулся в своем небольшом домике, который был соткан из растений и имел форму купола. Вещи лежали неподалеку, и я решил снова проверить книгу. Открыв её, я увидел знаки, которые были невозможно прочитать, даже там, где мне это удавалось раньше. "Что за магия, странная книга! Возможно, здесь есть какой-то секрет?" Я недовольно закрыл книгу и убрал её обратно в свой походный мешок. Что же делать, и как сбежать от этих варваров? Это их лес, и они тут повсюду. Получается, вариант только один: идти на свадьбу...

— Кир! — мне махнул Атти, и подошел ко мне.

— Мы уже все готовы, скоро придет Лея. Я надеюсь, ты рад, что станешь частью нашего рода?

“Хм, очень, лучше их не оскорблять”. — подумал я. И сказал:

— это действительно для меня подарок!

Я увидел, как идёт Лея в платье зелёного цвета, на её волосах были зелёные ленточки, а на руках — браслеты. Ко мне её вели две девушки под руки, и когда они приблизились ко мне, то старик, что хотел меня казнить, поднес венок ко мне и спросил:

— Готов ли ты, Кир, принять в свой род Лею, и быть с ней честным, хранить и беречь её?

— Да, — ответил я.

И он повернулся к Лее:

— А ты готова ли оберегать, согревать, вдохновлять Кира?

Лея посмотрела на меня и на старца.

— Я готова жить для него и хранить его и оберегать, — сказала она.

Старец отдал венок Лее, и она надела его мне на голову. Потом ко мне подошла одна из девушек, ведущих Лею, и передала мне венок, который я тоже надел на Лею. Она приблизилась ко мне, и наши губы сомкнулись. “Я женат, кто бы мог подумать! Хоть теперь это не создаст препятствий продолжать путь дальше”.

Этим же вечером нас отвели в зелёный сплетённый купольный домик, похожий на тот, в котором я спал, но больше и украшенный ленточками. Внутри была всякая еда — фрукты, плетёные корзины. Лея села на кровать, и я сел рядом.

— Лея, для меня это так странно, мы едва знакомы, и уже женаты. В моем селении так не принято.

— Мы ещё узнаем друг друга, — улыбнулась она.

В её улыбке была грусть, и я понял, что, наверное, её заставили выйти за меня. Просто у них такие традиции, а что она может сделать, я не могу её вот так бросить. Я взял её за руку.

— Лея, ты можешь мне доверять, я тебе не причиню вреда.

Она посмотрела на меня своими красивыми серо-голубыми глазами, но промолчала. Повисло молчание, и я сказал:

— Лея, расскажешь о ваших традициях?

— О каких традициях ты хочешь узнать?

— Например, как живут муж и жена? — усмехнулся я.

— У нас принято, что после венчания мы живём вместе. Муж и жена равны, но последнее слово всегда за тобой, Кир.

— Сколько тебе лет, Лея?

— Мне 17 лет, но у нас друидов это уже довольно взрослый возраст. Ты ведь тоже не молодой?

— Мне 16 лет, у нас в селении, откуда я родом, это возраст, когда обретают касту, но венчаются намного позже. Хотела бы побывать у меня дома?

— Как ты скажешь, Кир. Я никогда не выходила из этих лесов, лишь знаю по книгам, как живут люди в остальном мире.

Я улыбнулся ей.

— В этом мы с тобой похожи.

Она тоже мне улыбнулась.

И я спросил.

— Ты пойдёшь со мной на север? Я ведь не собираюсь тут жить, у меня своё предназначение.

— Я пойду за тобой. Ты теперь мой муж, — сказала Лея, приблизившись ко мне, от неё пахло лавандой и ромашками я чувствовал ее горячее дыхание что обжигало и мы слились в поцелуе.

Утром я проснулся, Лея спала рядом, такая красивая. Мне подумалось, что я и правда мог бы остаться здесь и жить с ней, как обычный человек, но я не обычный, и на этом заканчиваются мои мысли. Нужно выдвигаться в путь, и лучше сегодня, а то потом может не хватить времени. Я начал собираться, смотря на неё. Она все ещё спала, но я не мог оставаться здесь. Я разбудил её.

Мы выходили из леса на широкую дорогу, позади в лесу на нас смотрели множество взглядов друидов, у них были лица в зеленой краске, и они так сливались с лесом, что невооруженным взглядом просто не обнаружить. Лошадь я потерял, и придется идти пешком, да ещё мне положили разной еды. Всё-таки хорошо, что ухожу с этого странного места. Оно будто держало и шептало: "Останься тут, и зачем тебе продолжать свой путь?" Но мое желание идти дальше сильнее, и этого у меня точно не отнять.

Глава 4

Странник

— Кир, посмотри, — Лея указала куда-то вдаль, и о создатель небесный, я увидел, как вдалеке стоит телега и человек.

Мы ускорили шаг, и, приблизившись, я увидел старца с седой бородой, но это только на первый взгляд. Тело у него было крепкое и жилистое, взгляд сильный и уверенный.

— Утро вам светлое, путники — обратился к нам незнакомец. Мы с Леей переглянулись, и я начал говорить.

— И тебе светлого утра, я Кир, а это моя спутница Лея. — Лея посмотрела на меня упрекающим взглядом, мол не спутница, а жена, но да ладно, как мне сказали, лучше всю правду не открывать, тем более незнакомым людям.

— О, и красивые у вас имена, меня величать Велегор, если хотите присоединяйтесь ко мне, я иду в град Севернор. "Хм, что-то знакомое, возможно я уже где - то видел это название".

— Севернор это столица северная?

— Всё верно мыслишь, а как вы так идете и не знаете названий, вот и эта дорога тоже небезопасная, поэтому лучше держаться вместе. У Велегора была телега, где были запряжены два коня серого цвета.

— Так а вы куда путь держите? — Велегор посмотрел на нас прищурившись, и я почувствовал, будто в мою голову залезли и пытаются прочесть мои мысли.

— Мы тоже идём в Севернор, мы путешествуем, узнаём новые места.

Велегор недоверчиво на меня посмотрел, но все же махнул рукой. — На телеге есть два места, одно для меня, другое для одного из вас — продолжил он. Я повернулся к Лее и указал, чтобы она садилась. Мы двинулись в путь, и я думал, что странно все это — старик, там где нет никого, вдруг появился, потом идёт туда же. Нужно быть настороже, может, что-то тут нечисто.

Мы шли день за днём, иногда Велегор пел или читал какие-то стихи. — Знаете, что? Вот одна песня, она помогает путникам — сказал он и запел:

"Ой ты, птица вещая,

знающая тайны все,

поведай мне о судьбе моей,

поведай мне тайны все!

Ой я птица вещая, знающая тайны все, я ведаю о судьбе твоей, ведаю тайны все: Дорога тебя ждёт дальняя, и конца её не видать, возьми ты с собой мечту, она будет тебя согревать, а я птица вещая.

Буду лететь вдали и посылать лучи, знаки куда идти.

Тайны открою я, вспомнишь ты о себе, нырни ты в глубину мудрости, зачерпни,

испей ты живой воды, в отражении найди зерно истины, просто шепни и посмотри в окно.

Я щебечу вести спелающих судеб,

о море загадок и тайн,

о жизни, в которой горит огонь духа, о вечности и звёздах, мерцающих огоньках,

что стремятся к познанию, движутся в колесе, наполняя свой огонь и погружаясь в личины и иллюзии, и снова вспоминая о тепле и солнечных лучах,

и обретая смысл, рождается что-то настоящее, оно начинает расти, обретая нечто поистине прекрасное, и восторгается от этого душа".

Лея тоже начала подпевать, у неё был прекрасный мелодичный голос и я увидел её, эту птицу, она кружила надо мной и полетела вдаль. Она словно оберегала меня и что-то своим щебетанием пыталась сказать. Где-то кроется это тайна, моя тайна. Я должен что-то узнать, но ещё не время. На руках передо мной всё горит, и огонь возрождения обволакивает. Так тепло на душе.

Песня закончилась, а я всё ещё был в каком-то трансе. Велегор посмотрел на меня и улыбнулся.

— Понравилась песня?

— Я будто был в другом месте, слышал какой-то зов, что-то должно открыться, что-то хочет проявиться. Я хочу ухватиться за это, но оно летит, будто говоря: "Иди дальше, там ты это найдешь, обретешь истину, — Велегор. Ведь это не просто песня, это что-то большее? Расскажи мне.

— Велегор и Лея сидели на телеге, а я шёл быстрым шагом. Телега двигалась не быстро. Уже близился вечер, солнце было близко к горизонту, и оно светило на нас. Я посмотрел на Лею, её серебряные волосы светились, отражая солнечные лучи. Она смотрела вдаль, и о чем-то думала. У неё было немного грустное лицо, может, она скучала по дому. Мы почти с ней не разговаривали после того как покинули её дом. Мне стало её жалко, я понимал, что она чувствовала. Это всегда тяжело покинуть то место, где всю жизнь прожил. Велегор достал яблоко и кинул мне, я схватил и принялся есть, а он продолжил.

— Ты прав, Кир, это не просто песня. Это очень древняя песнь моего народа, она передается из поколения в поколение. Когда путник заблудился или хочет узнать о своём пути больше, он начинает петь, и погружаясь в песню в её образы, пропуская её через себя и сливаясь вместе с ней, можно увидеть свою судьбу, увидеть то, что ждёт и куда идти. Ты необычный человек, и ты сам это знаешь. Я очень удивился, когда понял, что ты увидел её, увидел вещую птицу. Мало кому это дано. Ты должен над этим подумать.

Солнце уже касалось горизонта, и мы решили сделать привал. Я таскал дрова, а Велегор начал разводить костер. Лея готовила еду, а я думал, как же начать с ней разговор. Я не хотел её обидеть, я плохо знал её, и было немного неловко. "Ладно, после ужина поговорю". Мы ужинали рагу с какой-то крупой, что сварились в котелке, ужинали молча, лишь костер потрескивал и его искры разлетались по сторонам. Уже было темно, на небе появилась луна, она была почти полная, и её серебряный свет переливался на волосах Леи. Я смотрел на неё, она обернулась, почувствовала мой взгляд. Мы уже заканчивали ужинать, и она принялась убирать. Велегор постелил себе недалеко от костра мешки с сеном и укрылся одеялом, пожелав нам доброй ночи.

Лея закончила убирать и села возле меня, наши взгляды встретились, и я решил начать разговор.

— Лея, как ты? Сегодня я заметил, что ты была грустная. Скучаешь по дому? — Она улыбнулась с нотками грусти, её серо-голубые глаза были такими красивыми. Они напоминали глаза волчицы, которая покинула свою стаю.

— Все хорошо, ты правда подметил. Я немного скучаю по дому, но понимаю, что пути назад нет. Я с тобой, Кир, я же обещала, что буду идти за тобой.

— Лея, я так тебя плохо знаю. Может, это моя вина, что ты такая грустная. Поверь, я тебе зла не желаю. Я буду защищать тебя от любых опасностей, буду тебе опорой. Ты можешь на меня положиться, и если тебе что-то нужно, всегда можешь ко мне обратиться. Слышишь?

— Спасибо тебе, — прошептала Лея. Я обнял её, и чувствовал, как бьётся её сердце. Она обвила меня своими руками. На глазах почему-то навернулись слезы. "Я не должен вот так с ней поступать, не должен просто смотреть, как она страдает. Отчасти это и моя вина, но был ли у меня выбор? Надо взять себя в руки. Я всё таки мужчина, нельзя давать волю слабости, особенно сейчас". Наши взгляды встретились, у неё тоже были слезы на глазах, я вытер их.

— Мне этого не хватало, не хватало твоей теплоты. Ты от меня закрылся, но сейчас я чувствую, что я тебе небезразлична. Кир, ты хороший человек. Я сначала думала, что ты холоден, но это лишь твоя маска. Мне хорошо с тобой, когда ты это ты. После разговора мы легли спать.

Глава 5

Огненный вихрь

Мой сон продолжался не долго. Какая-то сила вела меня, не отпускала, молила, просила, кричала. Я чувствовал, как меня ведёт что-то. Я встал. Была ночь и лишь луна освещала пространство. Я достал книгу из своего мешка. Открыв её, я был в недоумении. Первая страница, буквы складывались в слова, и на второй странице тоже, но дальше были лишь непонятные знаки. Я приложил руку на слова и почувствовал, как руку начало обжигать. Я попытался убрать руку, но было уже поздно. На мою руку лилось что-то золотого цвета прямо из книги, знаки переливались по моей руке и шли дальше. Меня обжигала боль, и неведомая сила накрыла с головой. Картинки сменялись, я видел искры, которые начали сплетаться воедино и соединяясь в танце нового мира. Всё вокруг завертелось и мне затошнило. Я попытался закрыть книгу, но стало ещё хуже. В меня полились знания, и этот поток был будто бесконечным. На первой странице ничего не было. Я перевернул на следующую — она была полупустая, а символы жадно переходили на мое тело, оставляя отпечатки.

Я встал, в висках стучало, я был в этом мире, но миры сменялись другими, меня бросало из параллели в параллель, и я упал. Хотел закричать, но комок застрял в горле.

"Кир, очнись!" — на меня вылили воды. Я очнулся, на меня смотрела Лея, на её лице застыла тревога.

— Что с тобой случилось? Мы проснулись, а ты лежал возле телеги, твое тело било судоргами, на руках у тебя появились какие-то знаки.

— Это книга, книга моего отца, — прошептал я.

ИЗБРАННИК ЗОВ ПРЕДНАЗНАЧЕНИЯ

Велегор подошёл ко мне и приложил руку к моему лбу.

— Будь осторожен, Кир. Ты играешь в игры с огромной силой, она может подчинить тебя, если ты не готов. Ты должен быть сильным. Посмотри на себя, на тебе нет лица.

— Выпей это, — сказал Велегор, протягивая мне чашу, от которой пахло ароматными травами. Я приложил губы и отпил немного. По телу пробежали мурашки, а потом разлилась теплота. Снова появились силы, и я попытался встать, но тут же упал.

— Тише, мальчик. Ты потерял много сил. Ты поедешь сегодня на телеге, а Лея пойдет пешком. Мы уже договорились, — сказал Велегор.

— Но... — начал я возражать.

— Никаких "но". Все будет хорошо. Наберись сил, поверь мне, так будет лучше, — сказала Лея, взяв меня под руки.

Я сел на телегу. Солнце уже вставало, и его теплые лучи немного начали согревать.

Я заснул, покачиваясь на телеге, меня тянуло куда-то, тело вибрировало, потом я почувствовал лёгкость и чувство парения, я летел махая крыльями, я был не человеком, а птицей, сомкнув крылья и полетев вниз и рассекая воздух, я приближался к земле, увидев точку невдалеке. Приблизившись, я понял, что это телега, на которой лежал юноша, а старец держался за поводья, рядом шла девушка с серебряными волосами. Я устремился дальше, полетел вперёд, и чувствуя свободу, воздух ударял в меня, и я летел всё дальше, пока не увидел дым. Земля горела, слышались крики людей и топот лошадей, летели стрелы и копья, рассекали воздух, вонзаясь в тела. Крики боли и плач, огонь распространялся, это была деревня и деревянные крыши домов ломались под огнем, который пожирал всё вокруг. Я почувствовал на себе чей-то взгляд, нехороший, хитрый взгляд ненависти и власти. Воин в темных доспехах натянул лук и целился прямо в меня, стрела устремилась в мою сторону быстро. Я еле успел увернуться, но мне задело крыло, начав падать, но со временем найдя потоки воздуха, я устремился в обратную сторону. Сил было мало, но я должен долететь, должен спасти эту птицу. Вдалеке виднелась телега, перед глазами плыло, и долетев до телеги я упал прямо на свое тело. Очнувшись, я увидел обессиленную птицу, что была на мне. Времени было мало.

— Стойте! Нам туда нельзя! — Велегор и Лея повернулись в мою сторону.

— Что случилось? — спросила Лея. Велегор остановил лошадей. — Что ты увидел? Говори.

Я прерывисто дышал, ещё не отойдя от своего полёта.

— Впереди горит деревня, там много воинов, один из них хотел меня убить, то есть не меня а птицу, но лишь ранил. Лея взяла птицу на руки на ней была кровь, она начала перевязывать ей крыло. Велегор достал что-то и смотрел на свёрток, — другой дороги нет, телега не сможет ехать через лес, нужно возвращаться. — Велегор подожди! — Я начал рыться в своем мешке и достал свою карту. — Вот проверь тут должны быть объездные дороги. Велегор принял карту и начал хмуро разглядывать. — Хм, есть одна дорога, но она опасная, судя по карте тут часто бывают разбойники, я знаю эти отметины, это знак небезопасной дороги, он указал на место на карте. Я привстал, сил было побольше. — Выбора нет, едем в объезд, все согласны надеюсь?

Лея закивала головой, а Велегор всё ещё хмурился но вернул мне карту. — В объезд значит объезд — сказал он. Мы ускорились и Велегор сказал что-то Леи и она тоже запрыгнула на телегу, повернув в сторону леса, начала видеться дорога умело скрытая от глаз. Да, карта действительно хорошая, тот кто её делал видимо был здесь. Мы заезжали в лес вокруг слева и справа были огромные дубы их объем был внушительным. Повернувшись к Велегору я спросил;

— Кто ты? Ты ведь не просто странник, ты разбираешься в травах и в магии.

ИЗБРАННИК ЗОВ ПРЕДНАЗНАЧЕНИЯ

Велегор хмыкнул.

— Давай потом поговорим, сейчас мы на опасной дороге нужно быть начеку, задать свои вопросы ещё успеешь, мне нечего скрывать от тебя, он странно на меня посмотрел. И я ещё больше убедился что он не тот за кого себя выдает, но я не чувствовал от него опасности. Лея держала птицу, крыло было умело перемотано, крови не было.

— Надеюсь эта птица не умрет? — С надеждой спросил я

— Это сокол, мы друиды очень разбираемся в врачевании, и умеем обрабатывать раны, птичка выживет, и будет летать как прежде, поверь мне. Она улыбнулась.

— Спасибо Лея. — Я тоже ей улыбнулся.

Мы ещё ехали так некоторое время, но тут я почувствовал неладное, опасность, она будто повсюду, впереди появился густой туман, мы все переглянулись.

Это очень странно для этих мест. Сегодня солнечная погода, и дождя не было, даже не влажно. Что-то не так, тут уже сомневаться не приходится. Я спрыгнул с телеги, благо сил поднакопил. Достав кинжал, я сделал знак Велегору, чтобы он остановил телегу.

— Я проверю, что это за туман, — сказал я, не дождавшись ответа, устремился вперёд. Густой туман окружил меня со всех сторон от него исходил странный запах, и я почувствовал, как голова становится тяжелой, а глаза слипаются. "Так и знал что это не простой туман", закрыв лицо повязкой, я продолжил идти вперёд. Некая сила вела меня, и я чувствовал, что иду в верном направлении.

Через некоторое время туман начал рассеиваться, и я увидел его источник. Невдалеке стоял мужик, на лице его была повязка, и он качал меха, из которых шел этот туман. Он не видел меня, и я, воспользовавшись этим моментом, обнажил клинок и прыгнул на него, повалив на землю. От неожиданности он не успел защититься и упал. Приложив к его горлу клинок, я зашептал:

— Говори, если хочешь жить! Что ты тут делаешь?!

В его глазах был страх, и он заикаясь начал говорить:

— Я, я просто, я...

Я прижал к его горлу нож сильнее. — Говори!

— Я разбойник, это сонная трава! Мы так грабим путников, поверь, лучше тебе меня не трогать, скорее всего твои путники уже в плену, — он угрожающе улыбнулся.

Я взял его за шиворот и крикнул, чтобы он шёл вперёд. Подойдя к телеге, там никого не было, только птица лежала на телеге и смотрела на меня. Я сжал шею разбойника

— Где они, что вы с ними сделали?

Он засвистел, и вокруг появилась вся ихняя шайка. Меня окружили. С одним кинжалом я точно против них ничего сделать не смогу. На меня помчался самый большой из них, держа в руках изогнутый меч в полумесяц. Время начало замедляться, я почувствовал нарастающую ярость, в моей левой руке начал формироваться горячий сгусток. Я долго не думая бросил его на разбойника и услышал крик. Он упал и кричал от боли, на его плече появился ожог.

— Ааа, это шаман, он не человек! — закричал кто-то из разбойников. Я почувствовал, как некая сила овладевает мной. Она хочет проявиться, хочет показать себя. Мгновение за мгновением, я сижу, а вокруг меня горит огонь. Слышу крики вдалеке, они вопят и кричат, удаляясь. Я встал и снова упал — сил было мало. Огонь постепенно гас, и ко мне подбежала Лея, держа в руках чашу с водой. Я жадно начал глотать, возвращаясь в чувство. Она смотрела на меня, был ли в этом взгляде страх? Нет, скорее непонимание и удивление.

Подошёл Велегор. Я встал на ноги, шатаясь.

— Все целы? Надеюсь, я не сжёг телегу? — спросил я.

— Все целы, и телега цела. ответил Велегор

Мы подошли к телеге. Велегор почесал бороду и сказал.

— Разбойники разбежались, думаю, они ещё долго будут помнить произошедшее. Ты помнишь что-то?

— Нет, а что было? — спросил я.

— Ты ударил одного огненным шаром. Потом твои глаза, будто, начали светиться, и ты закричал голосом, как гром. Уши заложило, многих откинуло невидимой волной. Потом вокруг тебя появился круг огня, многих поджарило, они все разбежались. Мы с Леей стояли невдалеке возле дерева и наблюдали это.

— И ты даже не удивлён? — посмотрел я на Велегора, который помогал мне сесть на телегу.

— Поверь, я очень стар, и многое видел на этом свете. Я знаю, откуда ты родом. В том селении не живут обычные люди, а если и живут, то редко покидают его. Но ты ушёл и идёшь на север. Ты что-то ищешь, не так ли? — Велегор внимательно посмотрел на меня.

— Возможно и ищу, — ответил я недоумевая откуда он всё это знает.

— Ты можешь мне доверять, но если не хочешь, не говори. Это твоё право, — заключил он, выражая спокойствие и уверенность.

Мы уже выехали из леса, и я с облегчением вздохнул. Велегор снова рассматривал мою карту, хмуро бормоча себе под нос. Лея спала у меня на коленях.

Велегор обратился ко мне: — К вечеру мы подъедем к Дарограду. Это большое и богатое княжество. Там можно закупить припасы на дальнейшую дорогу и отдохнуть. Твоей "спутнице" это не помешает, не правда ли? — Он улыбнулся, а я промолчал.

Пару месяцев назад я спокойно себе жил в своем селении, ходил на разные учения, читал книги о мире, но оказавшись с лицом к лицу с опасностями, я понял, как неверно представлял себе это. Со страниц книги ты смотришь на всё со стороны и знаешь, что это всего лишь герой, а не ты. Сколько ещё городов предстоит пройти, и что со мной происходит? Я меняюсь, какая-то неведомая сила проявляется и течет по моим жилам. Я становлюсь сильнее, и мало что знаю, как с ней обращаться. Две страницы книги пусты, но их ещё много. Я брать снова её в руки опасался. Но что будет на следующий раз? Нет, лучше повременить, разобраться. Вся надежда на север, туда мой путь.

Глава 6

Княжество Дароград

Мы подъезжали к воротам княжества, разбудив Лею, мы спешились. Стражники полезли проверять мешки на телеге. Велегор показал им какую-то грамоту, и они отступили, пропуская нас в ворота города. Войдя внутрь, я ахнул. Величественные здания были сделаны из коричневого камня, дорога была из красного кирпича, вокруг было чисто и просторно, народ был одет в темные цвета одежды.

Мы шли в направлении замка, который был довольно высоким, казалось, что замок может коснуться облаков.

— Куда мы идём? — Спросил я.

— Я должен встретиться с одним знакомым, приглашаю и вас присоединиться. Там и ночлег будет, — ответил Велегор.

Лея радостно согласилась. Я же молча кивнул, предоставив ей решать, пусть хоть немного почувствует своей свободы, а то их друидские традиции иногда не всегда впрок. Не могу сказать, что мне это не нравится, что она следует за мной и соглашается почти со всем, так её воспитали, иногда слепо следовать даже во вред себе, нет так дело не пойдет, все таки она не рабыня мне, пусть почувствует радость этой свободы.

— Кир! — Лея взяла меня за руку и повела в сторону лавки, где продавалась всякая всячина.

Велегор удаляясь на телеге, крикнул, чтобы мы шли по большой дороге к воротам замка, там нас встретят. Лавочник увидев нас оживился.

— Чего надобно, чего желаете? Есть все, что душе угодно: браслеты, кулоны, украшения, платье или может быть что-то более ценное, — сказал лавочник.

Лея выбирала себе пергамент и перо, а я зашёл внутрь, спросив о том, есть ли у него что-то необычное. Продавец, открыл какой-то сундук большим ключом, и крышка заскрипела, он достал кулон с красным камнем.

— Это кулон с огненным камнем, очень хорошая работа, если честно он не простой, в руках истинного шамана он светится и заряжается его силой, сполохи огня концентрируют стихийную силу собирая её в себе и в определенный момент выплескивая её защищая от магических ударов врагов, опасная вещь, и очень дорогая, а в руках обычного человека бесполезная побрякушка, но в руках шамана это грозное оружие она может как защищать так и атаковать, как оно оказалось у меня это уже мои секреты, но продам за хорошую цену.

— Я взял кулон в руки и почувствовал от камня исходящее тепло. Он переливался всполохами красного и начинал светиться. Я быстро вернул кулон на место, пока продавец не заметил кто я, и спросил: — Сколько стоит такая вещица?"

— Пятнадцать золотых.

— Я недоверчиво на него покосился. — Продавец натянуто улыбнулся — Но конечно я продам тебе за десять золотых, вижу, что он тебе подойдёт, — ответил продавец.

— Благодарю, но сейчас нет столько с собой, я ещё вернусь.

Выйдя из лавки, я купил Леи пергамент и перо, и мы удалились в сторону замка.

— Лея, ты любишь что-то писать? — спросил я.

— Нет, рисовать, обычно растения и животных, разные друидские узоры, — ответила Лея.

— А меня нарисуешь? — спросил я.

Она улыбнулась и немного толкнула меня.

ИЗБРАННИК ЗОВ ПРЕДНАЗНАЧЕНИЯ

— Может когда-то и нарисую.

Мы подходили к замку, нас встретил человек в шелковом наряде фиолетового цвета. Поздоровавшись, мы вошли внутрь этого огромного замка, шли разными коридорами и дойдя до какой-то комнаты, мужчина сказал, что нам туда и удалился.

Мы вошли в довольно просторную комнату, сверху висела люстра со свечами, освещая всю комнату. В углу стояла большая деревянная ванна, из которой шёл пар. Мы решили помыться после дороги и раздевшись плюхнулись в ванну. Лея принялась растирать мне спину мылом. В дверь постучали, и не успел я ответить, как вошел Велегор. Он посмотрел на нас и улыбнулся.

— Я зайду попозже, — сказал он, положив какое-то письмо на пол, и удалился.

Мы с Леей переглянулись и рассмеялись. Дверь можно было закрыть ведь там двери был замок, но да ладно.

— Знаешь, у нас друидов нет чего-то стыдного показывать свое тело. Мы купаемся все нагие, и для нас нет в этом ничего стыдного. Мы часть природы, а природа одежды не носит, верно?

— Ты права, но в этом мире другие так не думают, поэтому лучше придерживаться правил, чтобы не попасть в неловкую ситуацию. Многие не поймут, кроме меня. Там, откуда я родом, мы тоже очень открыты, и часто проводя обряды для хорошего урожая, мы нагие катаемся в земле, и жрецы посыпают землю освященным зерном. Оно впитывает нашу энергию и потом растёт помня для кого, в этом есть некий сакральный смысл, в этом я уверен, — объяснил я.

— Я видела, как ты сражался тогда с медведем, как ты двигался легко и очень ловко. Ты обучался воинскому искусству?

— Да, и не только. В нашем селении очень многогранно, и мы уже с детства учимся азам боевого искусства, врачевания, искусства, поэзии, магии, осознанности. Каждый проходит разные испытания, доводя свой дух до состояния силы и обретая свою касту. Это многое значит для нас. Но мне жрецы сказали искать самому, ибо моя каста не такова, она другая. Я надеюсь найти ответы на севере.

— Кир, я уже давно хотела спросить, ты всегда таким был?

— Каким?

— Всегда владел магией огня? Когда разбойники нас окружили, ты был словно другим, но я тебя не боялась, не чувствовала от тебя угрозы.

— В своем селении у меня были иногда видения, но сила начала пробуждаться, когда я пустился в путь, а затем, когда коснулся страниц книги.

Она дотронулась до моей руки и провела по ней.

— Кир, ты знаешь, что означают эти знаки на твоей руке?

— Я лишь знаю, что это какие-то древние символы.

— Мне знакомы некоторые знаки, один из них значит связь с животными. Может быть, поэтому ты смог настроить связь с птицей и видеть её глазами?

Я вздохнул.

— Я не знаю, Лея. Последнее время вокруг меня одни загадки, и чем дальше, тем меньше я понимаю. Я даже не знаю, кто я и для чего зелёный мост.

— Зелёный мост?

— Да, я видел его в своих видениях. Жрецы сказали, чтобы я шёл к нему на север, там я обрету какие-то знания, а единственное, чего я хочу, это просто обрести свою касту.

— Кир, я верю, что ты найдешь, то что ищешь, — улыбнулась Лея, и придвинулась ко мне, дыша на меня своим горячим дыханием. От нее пахло лавандой и ромашками. Она положила ладонь к моей щеке, и я поцеловал её..

Мы одевались в новую одежду, и я поднял письмо, которое оставил Велегор. Там было написано: "Когда будете готовы, идите прямо по коридору. Слева будет большая дверь. Постучите три раза в дверной молоток."

Мы стояли у этой двери, и я постучал три раза. Ответа не послышалось. Я уже хотел повторить, но услышал скрип. Дверь начала отворяться, на пороге стоял слуга, делая жест руками, чтобы мы проходили. Мы зашли. Внутри был огромный зал, а посередине стоял трон, на котором восседал рослый мужчина средних лет, с черной бородой, взгляд уверенный и проницательный. Да, Велегор даже не сказал, что предстоит встреча с князем.

— Идите сюда, — махнул рукой Велегор, и мы приблизились. Мы поклонились князю, и он заговорил:

— Меня кличут Родогор. Я князь и хранитель этого города. Слышал, вы держите путь на север. Дороги нынче опасны, впрочем, вы и сами знаете. С востока на нас идут войска. Они насаждают свою веру, поклоняются подземным темным богам. Их предводитель называет себя вестником новой эры. Ему поклоняются его войны и те, кто ему присягнул. На их стороне есть маги и шаманы. Их тактика очень продумана, они умны и хитры. Они нас теснят, и я не знаю, сколько ещё продержится наше княжество. Поэтому я прошу помощи. Я вас щедро награжу.

Я покосился на Велегора. Тот стоял, как ни в чем не бывало. "Как он посмел?! Выдать то, что у меня есть дар, не спросив меня. Можно ли теперь считать его другом? И как мне поступить? Я не должен был задерживаться, но вспоминая, как я видел горящую деревню и людей, на которых обрушилось это горе, разве можно было просто уйти? Но как я смогу им помочь, если я толком не знаю, как контролировать свои силы? Я даже не знаю, кто я. В нашем селении нет такой магии. Магия огня очень древняя."

— Князь Родогор, ваше благородие, это честь для меня, ваше предложение очень заманчиво, но я не знаю, чем я могу помочь.

Я всего лишь путник, идущий на север со своей спутницей и не более.

— Хватит! У меня нет на это времени. Я знаю, кто ты и откуда. Ты можешь отказаться, но знай, что это будет на твоей совести. То, что погибнут многие, этого можно избежать. Ты шаман, а значит, многое можешь сделать для нас, — сказал князь.

Велегор стоял рядом с князем. Его взгляд был непроницаемым, но вдруг он заговорил:

— Кир, я сожалею, что так всё обернулось, но ты нам нужен. Ты спрашивал, кто я. Я жрец князя и хранитель этих мест. Мы нуждаемся в твоей помощи. Как сказал князь, твое право отказать, но подумай о последствиях. О горящих селениях и выжженной земле, которую оставляют воины вестника новой эры. Нам нужно, чтобы они отступили, и для этого понадобится твоя сила.

"И он смеет меня просить, вот так просто? Я думал, мы друзья, а он просто меня использовал. Жрец, или просто обманщик? Не ради него, ради народа я соглашусь. Люди не должны страдать". Я выпрямился и громко заговорил, отчеканивая каждое слово и вкладывая туда силу, пусть со мной считаются я им не просто какой-то там мальчишка, я мужчина, и имею права на уважение.

— Я Кир, сын огня и потомок древнего рода, шаман и хранитель знаний. Соглашаюсь помочь вам, до того момента, пока армия вестника не отступит! — твердо сказал я, и Велегор облегчённо вздохнул. Князь посмотрел на меня уже не так как раньше, а с нотками уважения. "Что ж, своего я добился. Хотя, по правде говоря, это меня хотят использовать".

Глава 7

По ту сторону

Мы стояли возле большого стола и смотрели на карту, на которой были расставлены деревянные фигурки как конница, так и пехота. "На востоке собралась большая армия — армия вестника. Можно ли это предотвратить? Я сделаю все, что смогу". Подумал я. Князь разговаривал с советниками, и они переставляли фигуры на столе, что-то активно обсуждая. Велегор подошёл ко мне.

— Я должен был раньше сказать, но последовал бы ты за мной дальше? В этом я был неуверен. Потому все обернулось так. Я должен извиниться, но знай, что я бы поступил так же ещё раз. Речь идёт не только о тебе, а о целом княжестве. Если оно падёт, то мало кто остановит этого безумца вестника. Он почувствовал власть и не остановится. И лишь боги знают, что у него на уме.

— Что я должен делать, Велегор?

— У нас есть план. Это потребует много твоей энергии, но это окупится сторицей. В нашем подземелье хранится древний кристалл. Он имеет свойство брать силу шамана и сохранять её в себе передав другим, но лишь временно. Потом эта сила в людях рассеивается. Мы подготовили целый полк выносливых воинов. Они прошли разные обряды, мы поили их травами силы. Они смогут выдержать часть твоей силы и использовать её в сражении против вестника. Я знаю, что ты ещё не контролируешь свою силу, поэтому чтобы защитить тебя во время ритуала с кристаллам я дам тебе один жреческий амулет. Он усилит тебя многократно и не даст потерять контроль. Но будь осторожен. Всегда есть предел, и даже этот амулет может не выдержать слишком большого потока силы. Велегор потянул мне амулет. Я надел его на шею. Он был холодным, ничего не говорящим о том, что это магическая вещь. Мы опять шли коридорами, которые сменялись другими, пока не дошли до лестницы вниз. Велегор шёл впереди, а я следовал за ним. Лею я попросил остаться в комнате. Хоть она упрашивала пойти с нами, видимо, волновалась. Но я знал, что все будет хорошо. Опасности я не чувствовал, по крайней мере, сейчас точно. Дальше будет видно. Дверь отворилась, и передо мной открылся небольшой зал. Через небольшое окно свет пробивался, освещая комнату. Посередине был кристалл, довольно внушительных размеров. Он был белого цвета, и на нем было три золотых кольца. Как объяснил Велегор, они сдерживали силу, чтобы она не утекла из кристалла. Велегор попросил меня положить руки на кристалл, и я так и сделал. Он шептал какие-то слова, и мир качнулся. Я увидел, как кристалл стал светиться все ярче, и чувствовал, как сила лилась туда, наполняя этот сосуд. Амулет что дал Велегор стал теплым. "Делаю ли я все правильно? А если меня обманут? Уже поздно об этом думать". Велегор шептал слова на непонятном мне языке, и толчок за толчком силы вливались в камень. Ноги подкашивались, и я почувствовал слабость. Больше не смог держать себя я просто свалился на колени. Руки продолжали держаться за кристалл, прилипли словно магнетической силой, и сознание вращалось, мир погасал. Если такова цена спасения мира, я готов её заплатить. И вот удалось оторвать руки от камня. Я тяжело дышал, пытаясь встать, но лишь упал и провалился в темноту.

— Кир! Очнись! Он живой?

— Да, ему нужно время. Слишком много сил он отдал. Я не рассчитал время, но уверен, он очнется.

— Ты уверен!? Может, ты просто меня успокаиваешь? Лея со злобой смотрела на Велегора, который, скрывал свои чувства под маской непроницаемости. А может, скрывать было нечего? Может, он и правда был таким. Кто знает, этот человек — загадка, и был таким с самого начала. Лея трясла Кира за плечо, била о грудь, но он не шевелился. Он не дышал. Его лицо становилось белым, жизнь его покидала.

Я бежал за воздушным змеем и смеялся. Я был ребёнком. Сзади бежала младшая сестра, пытаясь меня догнать, и вдруг я повалился на землю. Она догнала меня и забрала у меня воздушный змей. Я закричал, а она в ответ пропищала. "Ну же, Кир, будь щедрым! Помнишь, чему нас учила мама?" Я поднялся и увидел вдалеке фигуру матери. Она приближалась к нам. На ней было светлое платье, её волосы развевались на ветру.

— Кир, очнись! Не умирай! Ты нужен мне!

— Мама, мама! Я не умираю, я живой!" Я подбежал к матушке и обнял. Она взяла меня на руки и закружила. Я был счастлив в тот момент. Подбежала моя сестричка и обняла нас с мамой.

— Я вас люблю! — сказала она и крепче прижалась. Вокруг начали сгущаться тучи, и стало быстро темнеть. И услышал голос из ниоткуда:

— Кир, очнись! Прошу, ещё не время. Ты ещё нужен миру!" И пошёл дождь. Он шёл на меня, теплыми каплями стекая по телу. Я обернулся, вокруг никого не было. Лишь я один стоял в поле, и становилось темнее. Я услышал раскат грома, и такой силы, что казалось, что гора упадёт от этой мощи. "Солнце-дар!" Этот голос был везде и пронизывал каждую клеточку, вибрируя и проникая в самую глубь сознания. Он пробуждал, давал надежду, давал мне силу. Потом появился яркий свет, такой яркий, как летнее солнце, бьющее в глаза. Я очнулся, немного приоткрыв глаза. Рядом стояла Лея. Её глаза были красные, а по щекам текли слезы. Рядом стоял Велегор. Он грустно смотрел куда-то вдаль и был в глубокой задумчивости. Видимо, все таки я ему на меня не всё равно..

Лея держала меня за руку, и я её немного сжал. Она обернулась и посмотрела мне в глаза, видимо, не веря, что я вдруг ожил.

— Боги, силы природы, благодарю! — прошептала она.

Она прижалась ко мне своими мокрыми щеками и начала целовать. Я попытался встать, но не тут-то было. Сил было не так уж и много, и я повалился обратно. Подошёл Велегор и положил руку мне на лоб.

— Жить будешь, — промолвил он.

Глава 8

Сражение

Древнее пророчество трех оракулов:
"Он следует по темному пути,
Принося жертвы подземным богам.
Он оставляет пепел на руках,
Иноверцев превращает в прах.
Никто не посмеет вызов ему дать,
Вестник новой эры идёт.
Каждый будет от страха дрожать,
Только избранник мир тот спасет".
И снова две силы буря сомкнет,
И мир содрогнется в новом пути.
Избранник снова пробудится,
И мир древних спасет, и тогда вестник
падёт, ведь пробужденный на путь свой взойдёт".

Он стоял, разглядывая небо, потом перевел взгляд на войско, которое было облачено в темные доспехи. Он любил повелевать, чувствовать себя значимым для этого мира, подчинять других. Каждый примет его веру, ибо если откажется, поплатится своей жизнью. Вестник - такое ему дали прозвище. Никто не знал его настоящего имени, ведь это было тайной. Вестник сделал пару шагов в сторону своих воинов. Его шаг был твердым, взгляд волевой. В них был гнев и ненависть, желание подчинить, подчинить весь мир. Он обратился к своим воинам, его голос громыхал, отбиваясь от скал, что их окружали.

— Воины! Время жатвы! Мы захватим княжество Дароград. Мы сотрем с лица земли этот город. Кто не примет нашу веру, будет казнён во имя подземного бога нашего. И никто не посмеет усомниться в моей власти. Я и есть бог! Я сын подземного бога, и он ведёт меня. Весь мир упадёт к моим ногам!

Жрец в темных одеждах привёл большого черного быка, и вестник, достав меч, вонзил его в животное. Оно повалилось и брызнула кровь. Это жертва нашему богу! Все воины разом упали на колени и начали молиться. Вокруг был запах смрада, и пепел летел, обвивая войско. Были ли это люди? Или больше не было у них воли что-то решать? Они сами подчинились, и управлял ими только слепая вера и страх только это двигало ими, и больше ничего.

Войско князя собралось у ворот замка. Их доспехи были цвета золота и отражались на солнечных лучах. Сзади войска расположились двадцать воинов в серых одеждах. На их головах были капюшоны, которые почти скрывали лица. Это были специально подготовленные воины-шаманы. На каждом из них был кулон цвета моря, и от него веяла сила.

Ходили слухи, что некий древний шаман явился в княжество и отдал часть своей силы ради победы. Он сам пришёл и заявил, что поможет, и князь согласился принять эту помощь.

Вдалеке послышался грохот, и топот лошадей поднимался, поднимая клубы пыли. Запах смрада окутывал княжество, веяло чем-то инородным. Оно хотело повелевать и подчинять. Воины сомкнули щиты, и первый фланг обнажил копья, а другие обнажили мечи. Но это было лишь для вида, ведь это был тайный план.

Двадцать воинов-шаманов подняли руки, и вознося славу древу и небесам. Начали сгущаться тучи, и начал лить дождь наземь. Вдалеке виднелось темное войско, оно приближалось, и топот становился всё громче. Сверкнула синяя молния, отражая свой свет на щитах воинов. Шаманы все громче и громче усиливали свой напев. Они пели, но в этой песне не было слов, лишь стихийная сила, она пробуждалась и начинала формироваться, чтобы выплеснуться наружу и поразить недругов. Молнии начали сверкать всё чаще, а шаманы качались из стороны в сторону. Их напев обретал мощь и тайную силу. Через мгновение грянул раскат грома, у многих заложило уши, сверкнула молния, её цвет был ярко-синим, и она устремилась в сторону войск вестника. Послышался треск, вопли боли. Многих она поразила и посеяла панику в его рядах. Темный конь вестника заржал и встал на дыбы. Вестник упал, его темный плащ тонул в грязи. Полетели стрелы прямо на него и его войско. Молнии одна за другой били и уничтожали его воинов. Стрелы приближались, и он поднял руку, сжал в кулак. Горсть стрел повисла в небе, а затем повернулась в обратную сторону и полетела на воинов князя, которые сомкнули щиты. Стрелы ударились о них, ломаясь и раня пронзая своим остриём. Молнии не прекращались.

— Отступаем! — закричал Вестник, поворачиваясь к своим воинам.

Глава 9

Сад

Я проснулся, был уже день. Встав, шатаясь, и посмотрел в окно. Небо было ясное. В комнате никого не было. Я взял чашу и зачерпнул воды, выпив её. Подумал: а почему так тихо? Одевшись быстро, я вышел из покоев и позвал. Увидев слугу, который быстро куда-то направлялся, я крикнул ему. Тот повернулся, на лице у него была паника, руки тряслись.

— Почему так тихо? — спросил я.

— Ваша светлость, сейчас объявлен тихий час в знак тризны о павших воинах. Простите, мне нужно спешить, — быстро ответил он и удалился.

Я направился к тронному залу, надеясь там застать Велегора или Лею. Постучав, мне открыл тот же слуга что и первый раз. Войдя, я увидел лишь князя, который сидел и читал какие-то пергаменты.

— О, Кир, здравствуй, проходи. Забери это в благодарность за помощь, — сказал князь, указывая на шкатулку на столе.

Я поздоровался и подошел, поклонившись. Приблизившись к шкатулке, которая была размеров в две моих ладони, я открыл её. Там лежало золото, сверкающее и будто поблескивая на дневном свете.

— Благодарю за щедрость, но я не могу принять ваш дар, — сказал я.

Князь удивленно посмотрел на меня.

— Что же ты хочешь? Может земли или боярский замок?

— Вы меня не правильно поняли, мне не нужно ничего, — ответил я.

ИЗБРАННИК ЗОВ ПРЕДНАЗНАЧЕНИЯ

Из тени возле трона вышел Велегор и сделал жест, подняв правую руку.

— Прими, Кир, и не держи обиды. Ты сделал благое дело, благодаря тебе княжество спасено. Ведь Вестник не остановится, он будет опять набирать войска, надеясь заполучить наш град. Мы должны быть друзьями, а не врагами, возьми. И ещё, Лея ждёт тебя в саду.

— Благодарю вас, я приму это в знак дружбы между нами, — сказал я, подхватив шкатулку и поклонившись, удалился, направляясь обратно в свои покои, а затем в сад.

Лея сидела на скамье в задумчивом виде. Приблизившись к ней, мы встретились взглядами. Я сел рядом.

— Привет. Что я пропустил? — спросил я.

Лея поправила волосы.

— Вестник отступил. Ты действительно помог спасти княжество. Я не буду вдаваться в подробности, но уверена, что это немало удивило его. Он надеялся на лёгкую победу. Ты сделал огромный вклад в эту битву, думаю, это вернётся сторицей.

— Князь меня наградил целой шкатулкой золота, я не хотел брать, но Велегор настоял.

— Не держи на него обиды, Кир. Он жрец этого княжества и должен был сделать всё для его защиты.

— То есть ты на его стороне? — спросил я.

— Тут нет сторон, поверь. Сейчас время, когда нужно объединяться, а не искать врагов, — сказала Лея, вздохнув. — Я считаю его другом.

— Хм, совсем недавно ты говорила, что следуешь за мужем во всём и будешь соглашаться, — усмехнулся я.

Она толкнула меня локтем и тоже улыбнулась.

— Спасибо, что ты не считаешь меня придатком. Ты даёшь мне почувствовать себя свободной, и мне это очень важно, правда. Спасибо, — сказала она.

Я обнял её, и мы ещё некоторое время сидели и болтали о том, что мы пережили, и о нашей жизни. Она рассказывала, что вначале боялась меня и что её заставили быть моей женой ведь так её племя даст знать своему хранителю медведю что приняли меня. Но сейчас всё поменялось. Узнав меня лучше, у неё появились теплые чувства ко мне. Я тоже в свою очередь сказал, что она мне дорога. "Может она ждала от меня других слов? По её взгляду было сложно прочитать, но мне сложно было открыться, когда-то меня отвергли и я не мог снова дать волю чувствам, по крайней мере сейчас я не готов". Потом мы пошли в свои покои. Завтра снова в дорогу, наш путь лежит на север. Меня ведёт какая-то сила. Я её чувствую, и больше нет опасения. Я научусь этому искусству. Просто нужно время, которого так мало. Нужно успеть подготовиться к последней битве.

Глава 10

Русалка

Предсказание трёх оракулов:
"Голосом сладким,
Мелодией звонкой,
Песни поет она.
Не слушай ты пения
Девы в воде.
Ведь это русалка ищет тебя.
Если за ней ты поплывешь,
То в пучину к ней ты попадешь.
И мороком сильным
Покроет туман
И голос чудесный словно обман.
Как снова очнуться,
Сбежать, это тайна для многих.
Её должен лишь избранник знать".

Уже две недели мы двигались на север; чем дальше, тем холоднее. В моем селении "Ветви древа" сейчас тепло, и можно ходить в льняной из тонкой ткани рубахе и штанах, через которые чувствуется даже легкое дуновение ветра. Но тут так не получится. На мне были теплые штаны и большая накидка из плотной ткани. Лея же шла в утепленном платье темно-зеленого цвета, на котором были изображены кружевные знаки, видимо, это обереги. Мы ехали на телеге с лошадьми, которую нам любезно предоставил Велегор. Хоть я в начале и обижался на этого старца, но сейчас я его простил. На его месте я бы тоже сделал бы все, чтобы спасти город, к которому я приставлен как хранитель. Я положил руку на красный кулон, который я купил у жадного лавочника. Как он не хотел мне его продавать! Но я сторговал за полцены пять золотых.

Что ж, для такой вещицы недурно. Думаю, что точно не в ущерб торговцу, иначе он бы вообще мне его не продал, хотя старательно делал вид очень недовольный. Хитрый засранец! Ну да ладно, кто ему судья? Ну, эту роль на себя брать я не буду.

Лея достала кусок каравая и протянула мне. Я взял. Запах был свежий, сладкий и нежный, в нем чувствовались орехи и сухофрукты. Вкусно.

— Лея, ты не устала держать вожжи? — спросил я.

Лея повернулась ко мне, но ничего не сказала, лишь доев каравай, ответила:

— Пока не устала, но скоро нужно сделать привал. Лошади устали, а по карте недалеко должно быть озеро, где можно искупаться и напоить лошадей.

— Как знаешь, — кивнул я.

Возле меня сидел сокол. Его рана уже зажила, и неделю назад Лея сняла с него повязку. Он уже вылетал, но потом возвращался назад. Видимо, привык. А может быть, между нами сформировалась нерушимая связь. Теперь этот сокол - мои глаза, и я могу наблюдать за местностью, куда еще не ступала наша нога.

Доехав до озера, я распряг лошадей и повел их к воде. Они жадно начали пить, причмокивая, и часть этих брызг полетела мне в лицо. Что ж, бывает. Лея раскладывала небольшой шатер, который мы приобрели, когда были в княжестве. Я решил помочь ей.

Уже темнело. Я перелистывал страницы книги, которые никак не менялись. Может быть, это и к лучшему. Возможно, пока не время. Лея спала, видимо устала после дороги. Я вышел на улицу. Веяло прохладой и пахло зелёной травой. Ветер тихо дул, было так свежо. Захотелось пойти и нырнуть в озеро. Идея сомнительная, но здравый смысл, пересилило желание освежиться. Подойдя к воде, я снял одежду и окунул ноги. Вода была прохладной, и освежающей. Оказавшись в воде по пояс, я нырнул с головой.

ИЗБРАННИК ЗОВ ПРЕДНАЗНАЧЕНИЯ

В голове прояснилось, а тело обрело ощущение, "мол, ну наконец-то и обо мне вспомнили." Всё таки немного поплаваю. Лягушки квакают невдалеке, а сверчки поют свои песни. "Разве не прекрасно побыть наедине с природой?" Думал я, плывя по озеру. Только звёзды освещали путь, луны не было видно. Я решил повернуть назад, но берег пропал. Снова посмотрев по сторонам, берега так и не было видно. Он будто растаял на глазах. Что же происходит? И вдруг я услышал девичье пение... Такое убаюкивающее, такое прекрасное. Оно манило к себе, его хотелось слушать вечно, утопать в нем и раствориться, и больше ничего не важно. Лишь найти его источник, лишь слиться с ним в одну ипостась. Зачем что-то делать?Оно манило и затуманивало мой разум. А я плыл, плыл, надеясь хотя бы узреть эту красоту. В какой-то момент что-то скользкое обвило меня руками за шею, на меня смотрело лицо девушки. Её волосы были цвета изумруда, а глаза сиреневые. Они смотрели на меня. Было ли в них что-то человеческое? Это было нечто чуждое, нечто неземное, но настолько прекрасное. В голове лишь туман, который все больше распространялся. И зачем бороться, если так хорошо? Она поцеловала меня, шипя как змея. Потом я услышал, как она сказала:

— Ты мне подходишь.

И стала тащить в водную пучину, обвив меня в объятьях. Я начал захлёбываться водой, и мир начал меркнуть передо мной. Я не должен был так поддаваться этой силе. Почему я не сопротивлялся? Но уже было поздно. Меня тащили на самое дно, и что я мог сделать? Ещё мгновение, и я выпущу последний вздох. Я отчаянно искал в глубинах своего сознания то, что спасет и вытащит меня из этих смертельных объятий русалки. И я почувствовал, как сила льется из моих рук. Нужно было взять последнюю волю в кулак и пробудить в себе её. Ещё мгновение, и я чувствую в руке энергетический сгусток, который бросил на русалку. Та зашипела, потом закричала, и её отбросило от меня на дно. Я греб, что есть силы, вверх руками. Ещё немного, ещё чуть-чуть, и вот долгожданное спасение. Я выплыл жадными вдохами, хватая воздух.

Я увидел берег и быстро поплыл в его сторону, главное, чтобы не очнулась русалка, которую я так бесцеремонно отправил на дно. Шаман или маг? Может избранный? Русалка чуть не лишила меня жизни. Если в моих руках многое, то как такая тварь могла победить меня? Морок, который они наводят, пеленает сознание своей жертвы. В следующий раз стоит подумать прежде, чем купаться ночью в озере.

Меня кто-то толкал в плечо. Я приоткрыл глаза, Лея сидела возле меня и смотрела на меня с улыбкой.

— Вставай, соня, нам уже давно пора в дорогу. Я же не буду ждать тебя весь день?

— А как же слушаться во всем мужа, а, Лея? Кажется, ты забыла свою клятву? — Улыбнулся я в ответ.

— Там не было такой клятвы. Вставай уже! — она кинула в меня подушкой.

Я лениво сел, потягиваясь и зевая, и в меня летела вторая подушка.

"Да, дай волю женщине, и она уже подминает меня под себя, или это просто хорошее настроение? Надеюсь, она не узнала про вчерашнее" — подумал я.

— Кстати, Кир, ты во сне кричал о какой-то русалке. Странные тебе сны снятся, или это кошмары? — спросила Лея.

— Хм, это, наверное, скорее кошмары, — ответил я, натянуто улыбаясь.

Глава 11

Деревня

Мы остановились возле реки, немного моросил дождь, запах свежести и зелёной травы. Недолго этим я смогу наслаждаться. На севере холодно, там из неба падает дождь и превращается в холодные кристаллы, падает на землю белого цвета, прикрывая всё вокруг. Где-то там я получу все ответы. Сколько идти по этому пути? Я открыл карту, ведя пальцами по рисункам на ней. Вот река, возле которой мы остановились, а дальше небольшая деревня. "Ветхая трава" гласило название. До большого города месяц пути, а наши припасы уже на исходе. Со стороны реки шла Лея, у неё были мокрые волосы и счастливый вид. Многое изменилось за эти полтора месяца. Мы с ней рядом уже не чувствовали неловкости и многое узнали о друг друге. Она часто рассказывала про традиции друидов и разные истории. Я в свою очередь тоже поддерживал эти разговоры, рассказывая ей, как рождался и как проходил обряд. Вверху над нами кружил сокол, мой верный друг, и мои глаза. Он так и остался с нами. Лея приблизилась ко мне дотронувшись до моего плеча своей холодной рукой.

— Что делаешь? — спросила она.

— Я думаю о нашем пути, вспоминаю, как мы встретились, и вот мы, как будто, знакомы уже тысячу лет.

— У меня такое же чувство,

— Мы невдалеке от деревни, и нам нужно остановиться там, припасы заканчиваются. — Сказал я

— Тогда отправляемся. Согласилась Лея. Мы подъезжали к деревне. От домов шёл дым, и было как-то тихо. Я увидел, как идёт старая женщина и крикнул ей. — Хозяйка! Она повернулась к нам и зашагала в нашу сторону. Оказавшись рядом, она уставилась на нас своим угрюмым взглядом. Волосы её были седые и редкие, она облокотившись на палку, заговорила хриплым голосом.

— Чего забыли в такой глуши, али ищете кого?

— Мы едем в сторону севера и хотели остановиться где-то на ночлег и пополнить свои припасы. Сказала Лея, улыбнувшись старухе.

— Что ж, могу вам помочь. В этой деревне сейчас никого нет, все на полях работают. А вы идите за мной, она кряхтя пошла в сторону самого старого и затхлого дома, от которого веяло чем-то не очень приятным. Мы вошли внутрь а старуха пошла топить баню, мы раскладывали свои пожитки. Через некоторое время она вернулась и принялась готовить еду. Лея решила ей помочь и сказала мне идти в баню самому. Я сидел в бане и лил воду на камни, лежащие на печи. Всё-таки полезно иногда расслабиться после долгой и изматывающей дороги. Я закрыл глаза, возможно лучше бы я этого не делал, но было уже поздно, опять мир закружился, качаясь волнами, которые были все больше, а я был все дальше от обыденной реальности, погружаясь в пучину сплетений этого мира. Вдруг передо мной возник расплывчатый образ, который становился все чётче. На меня смотрел старик и улыбался. Велегор!

— Да, ты не ошибся. Это я, здравствуй, Кир. Я не просто тут, а должен кое-что поведать. Князя ранили в одной из битв с вестником, и пока никто не может точно сказать, выживет ли он. Я должен тебя предупредить. Времени всё меньше, а час близится, когда луна закроет солнце, вестник получит огромную силу, и уже никто не сможет его остановить, только избранник, пробуждённый. Ты должен спешить, пока мир не начал гореть пламенем.

Я хотел что-то ответить, но его образ начал исчезать, и я снова начал приходить в себя. Что-то было не так, я чуял опасность. Резко встав, я накинул на себя простыню и помчался в сторону дома. Дверь была заперта. Я сконцентрировался и направил силу в руку, почувствовал, как формируется шар огня. С размаху я кинул его в дверь, и она разлетелась в щепки.

Внутри стояла старуха. Осмотрев меня недобрым взглядом, она проговорила:

— Если хочешь, чтобы твоя спутница вернулась к тебе, сделаешь всё как я сказала. Мне нужна твоя кровь. Я знаю, кто ты. Я почуяла тебя сразу, как ты пришел. В тебе течет древняя кровь шаманов. Я заберу её часть. Ты отдашь её мне, если тебе дорога Лея.

Меня накрыло яростью, волна за волной. Я начал терять контроль, но я представил воду, которая была спокойна и покачивалась на ветру. Сейчас не время жечь всё вокруг – я должен спасти Лею. Я нащупал силу, взял её и направил в голос, проговорив:

— Назад, я сказал назад!

Ветер подул сильнее, а мой голос звучал как грохот, проникая в сознание, вибрируя каждой своей частицей. Он повелевал, разбивая оковы разума старухи. Она упала на колени, тряслась и молила её пощадить. Она была сломлена. Я не собирался её трогать.

— Веди меня к ней! — Закричал я.

Старуха, спотыкаясь, открыла под ковром засов, и я увидел, как Лея поднимается наружу.

— Отвечай, старая карга, где все люди в этой деревне, что ты с ними сделала?

— Я обманула вас! Тут уже сто лет как никто не живёт, и причина тому не я. Это гиблые места. Тут обычным людям живётся плохо. Много кто уехал, остальные умерли от болезней. Не трогайте меня, я зла никому не причиню!

Я посмотрел ей в глаза и погрузил свое сознание в её голову, читая всё, что она когда-то видела. Она не врала. Причина не в ней, но она жадная до силы, много кому перешла дорогу. Только силы небес знают, как её наказать.

Я прошептал древние молитвы, и на нее полились нити, которые забирали то, что она когда-то забрала у других. Через мгновение перед нами была лишь горсть пепла, который вскоре развеял ветер.

Глава 12

Север

Предсказание трёх оракулов:
"Слышишь шёпот вдали?
Это шепчет сама судьба.
Только туда взгляни!
И узрей красоту небес.
Путь проложен вдаль,
Только так и расти.
В небе горят огни,
И боги смотрят на нас.
Избранник идёт на север,
Скоро пробудится вновь.
И когда луна солнце затмит,
Послышится грохот небес.
В битве последней пробудится
вновь избранник самой судьбы.
И вестник все силы свои соберёт,
и буря две силы в битве сомкнет".

Север, долгожданный, семь долгих месяцев я добирался сюда, и вот видны вдали строения, холод окутывает все вокруг, всё покрыто белым снегом от которого бьёт свет в глаза что приходится прищуриваться. Лея тоже озирается и смотрит с восхищением, и это и понятно такое можно прочитать только в книгах, а узреть эту красоту не каждому дано но смотреть и восхищаться одно, только вот холод пробирает до нитки, пальцы на ногах замёрзли, нужно успеть дойти до тепла пока мы не превратились в кусок льда. Мы шли пешком, телегу и лошадей оставили ещё давно в одной деревне у старика у которого останавливались на ночлег, обещали что вернемся и заберём. Если вернемся конечно, а в этом я ещё до конца не уверен. Ноги утопали в снегу почти до колена, поэтому мы шли очень медленно, все тело болело, особенно ноги, благо что ещё немного и мы будем в тепле. — Кир, взгляни! Лея указала куда-то вдаль и я увидел юношу который приближался к нам довольно быстро, он сидел на больших деревянных санях и в упряжке было два больших красивых оленя, их шерсть переливалась на свету, а рога внушительных размеров, прекрасные животные особенно когда видишь в первый раз. Приветствую! Юноша довольно ловко спрыгнул с саней, он был одет в меха, его глаза были карими и волосы черного цвета.

— Здравствуй. Это столица севера, Севернор? Спросил я. —

— Да, добро пожаловать, я помогу вас довести с вашими пожитками, мы знали что вы прибудете, наш жрец сообщил об этом и попросил вас встретить.

Я опустил мешок с пожитками то же самое сделала и Лея со своими, и мы загрузили все в эти сани, предназначены как раз для троих, впереди был сам юноша кучер и мы с Леей устроились на заднем сидении. Олени поскакали в обратном направлении довольно быстро, морозный ветер ударил в лицо я невольно накинул часть своего кафтана на лицо придерживая руками.

— Скоро приедем! — Крикнул юноша обернувшись к нам. И правда приехали мы довольно быстро.

Огромный древний город, крыши деревянных домов были покрыты снегом который иногда падал с крыш домов от ветра, видно древние мастера потрудились над архитектурой, тут чувствовалась сила, что была оставлена потомкам в этих зданиях, дома были сделаны из елей и от них шёл приятный запах, из крыш шёл дым, каждый топил свое жилище. Время тут будто застыло, и зимняя гладь простиралась по городу, тут только одна пора года, это вечная зима, которая своим холодным и пронизывающим ходом распростерлась на этих просторах.

ИЗБРАННИК ЗОВ ПРЕДНАЗНАЧЕНИЯ

Нам выделили небольшой домик, в котором горел камин, и старая печь из глины дарила свое тепло, согревая нас от долгой дороги. Когда мы уже разложились, дверь вошёл тот же юноша и сказал что меня кличут на разговор, собравшись я двинулся за ним Лея осталась в доме, сославшись на то что устала после дороги. Мы шли по снежной дороге, дойдя до дома с купольной крышей что очень отличалось от других домов в которых были односкатные крыши. Это говорило об одном, это храм, наверное меня позвал жрец этого города. Я вошёл внутрь, юноша остался стоять позади, видимо пригласили только меня. Внутри было очень просторно, не было ничего лишнего лишь одна дверь вдали и я услышал тихий скрип и дверь начала открываться, ко мне шёл старец, в руке его был посох, у него была длинная седая борода, и волосы спадали на плечи, взгляд пронзительный до дрожи, он будто видел все насквозь, он прищурился своими карими глазами и взглянул на меня, натянув уголки рта в приветственной улыбке.

— Благословение тебе. Меня зовут Ведамир я жрец и хранитель этого храма и города — Жрец слегка поклонился.

— И тебя приветствую жрец Ведамир. Я Кир. Сказал я и тоже поклонился. Он указал на небольшой стол со стульями невдалеке и мы присели напротив друг друга.

— Мне Велегор про тебя многое рассказывал, я знаю ты издалека пришёл, как прошла дорога до нас? Его голос эхом отдавался от стен здания, вибрируя и пронизывая пространство вокруг, видимо так было задумано в этом храме.

— Дорога была нелёгкая. Я вдруг почувствовал как кулон что на моей шее начал нагреваться и пульсировать, огненный камень, он чувствовал энергию этих мест, или причина в другом?

— Я знаю зачем ты пришёл, и могу помочь, но знай что туда куда ты хочешь попасть это опасно, можно от туда и не вернуться.

— Где это место, где зелёный мост?

— Не спеши, древние шепчут о том что врата к нему были запечатаны, и никто не может сказать кем, какая-то тайная сила не хочет чтобы ты туда попал.

— Весь путь сюда я проделал зря? Тогда почему меня не предупредили?

— Ведамир взглянул на меня, видимо пытаясь прочесть мысли, я уже чувствовал такой взгляд раньше от Велегора. Я усилием воли пытался сопротивляться не давая ему проникнуть в недра моего сознания. Ведь я не знаю что он хочет от меня. Ведамир слегка улыбнулся и промолвил.

— Ты стал сильнее чем раньше, в тебе пробуждается древняя сила, но времени не так много, тебе нужен некий порыв, вихрь что пробудит эту силу. Он достал из за под своих одеяний книгу и раскрыл её. Он перелистывал страницы потом остановившись на одной, протянул её мне.

— Вот взгляни сюда. Я посмотрел на страницу, там были неведомые мне символы которые двигались как живые иногда спелатаясь в слова и тут же отталкиваясь друг о друга снова разбредались в хаос не давая собрать себя воедино. Я только успел прочитать что-то о избраннике который должен пробудиться, и если этого не произойдет мир сгорит под властью вестника, и наступят темные времена, времена власти, жадности, времена когда люди забудут кем были раньше, лишь смерды будут править и сеять смуту и раздоры насаживая и порабощая, а люди будут верить и следовать им, лишь немногие будут знать, лишь крупица. Я встряхнул голову и видения начали рассеиваться. Я должен найти другой выход, то что я увидел ужасно, так не должно случиться. Я вернул книгу Ведамиру он убрал её обратно.

Я задумался. "Я пришел искать зелёный мост, просто обрести свою касту. А теперь мне говорят уже второй раз, что я избранник из пророчества. Я вспомнил представление в театре фокусников. Может тогда это был знак для меня? Может, жрецы из моего селения знали, что я избранник, поэтому так легко отпустили? Всё, как всегда, покрыто загадками, а на мои плечи опять сваливается очередная череда новостей, которые всё тяжелее опускаются грузом на моих плечах. Начиная этот путь, я даже не мог представить, что так всё обернется. Могу просто сбежать, но если то, что он говорит, правда, вдруг я должен спасти мир? Поверить в это сложно, но я должен в этом разобраться." Жрец продолжил.

— Это очень древняя книга трёх оракулов, лишь немногие могут узреть её, как ты видишь, будущее ещё неопределенно, никто не знает кто в этой битве одержит вверх.

— Ведь не всё потеряно должен же быть другой путь к зелёному мосту? Иначе ты бы не пригласил меня, я прав?

Ведамир задумался, стуча пальцами о столешницу, он о чем то долго размышлял, и потом сказал.

— Древние знали что так может произойти и оставили нам кое-что, мы хранили это передавая из поколение в поколение, но это может лишить тебя жизни, если ты не пробудишься во время этого путешествия, то уже никогда не очнешься, и ты видел тогда что будет с миром. Он закончил, и взглянул на меня пронизывающим тяжёлым взглядом.

Я тяжело вздохнул, снова погрузившись в раздумья: "Если всё и правда так, я не должен сидеть и смотреть, как горит мир. Что будет с моим селением? Если есть хотя бы шанс остановить вестника, я должен попытаться. По крайней мере, во мне и правда есть магия. Даже если я не избранник из пророчества, в которое я особо не верю, у меня всё равно есть шанс одолеть этого вестника. Хотя бы ради защиты своего селения, но конечно же и ради спасения мира."

Я ответил.

— Поведай мне эту тайну, я не желаю сидеть и смотреть как вестник уничтожает мир, если мое предназначение его остановить так и будет! И для этого я сделаю всё что в моих силах!

— Я ждал от тебя этих слов, идём за мной.

И мы двинулись в другую часть здания, он приложил камень синего цвета к стене и камень вспыхнул ярким светом потом стена заскрежетала, зашевелилась и открылись врата, там виднелись ступени что шли под землю. Я услышал как позади главные двери храма отворились и Лея шла в нашу сторону. Ведамир повернулся ко мне.

— Тебе нужен проводник тот кто свяжет тебя с этим миром, тому кому ты можешь доверять, кто связан с тобой узами. Лея поравнялась с нами и мы пошли вслед за Ведамиром. Внутри справа и слева от нас росли кристаллы зелёного цвета что освещали подземелье. Запах земли и чего-то доселе неведомого мне, запах был сладкий и ароматный, от него немного закружилась голова. Мы вошли в просторный зал, пол был из камня и по стенам разбрелись зелёные растения что пронизывало тут буквально все, посередине залы был большой прямоугольный камень, на котором поместился бы человек. Ведамир заговорил.

— Это священное место, говорят его построили сами боги когда покидали землю направляясь в другой мир, они оставили нам это, оставили для тебя Кир. Ведамир взял посох двумя руками и направил в сторону камня, он шептал древние молитвы, и пространство трещало вокруг, пол подо мной вибрировал, Лея сжала мою руку, и взволнованно посмотрела на меня. Камень начал двигаться, и через мгновение все закончилось, камень был отодвинут буквально на метр внутри под камнем виднелась выемка. Жрец двинулся в сторону камня и засунув туда руку достал кусок ограненного кристалла похожим на флягу с горлышком, внутри плескалась жидкость зелёного цвета. Подойдя ко мне он протянул мне её. — Это то что поможет тебе перейти по зелёному мосту, ты готов? Обратно пути уже не будет если ты выпьешь этот напиток. — Я уже решил, такова моя судьба, бежать от неё нет смысла. — Тогда ложись на этот камень, это место поможет тебе перейти, и помни что это твое сознание твой дух перенесется туда, твое же тело будет здесь ждать возвращения. Сказал он. Лея повернулась ко мне. — Кир, ты не обязан это делать, я не хочу тебя терять. Я взял её за руку.

— Ты меня не потеряешь, я вернусь верь мне, кто остановит надвигающуюся бурю если не я, всё было предначертано ещё до моего рождения. Я подошёл и лёг на камень, Лея села возле меня и держала мою руку, растения вдруг начали движение и мое тело начало обволакивать со всех сторон сплетая с камнем мои ноги и руки, потом и наши руки с Леей. Подошёл Ведамир и открыл горлышко кристалла в котором была жидкость. Вернись обратно Кир прошептала Лея, и жрец приложил горлышко к моим губам, оно было горькое на вкус, и я усилием воли делал глотки, пока не выпил содержимое.

Глава 13

Зелёный мост

Какое-то мгновение ничего не происходило, но потом будто тысяча кинжалов вонзилась в моё тело, дикая боль пронзила до самой клеточки, я стал кричать, слёзы шли из глаз от боли, Лея крепче сжала мою руку. Я больше ничего не видел и не слышал. Потом появилось чувство падения, которое все усиливалось, набирая обороты, боли больше не было, я не чувствовал своего тела, я просто проваливался в глубины и меня несло в неведомую мне даль, отдаляясь все дальше, я видел цвета, что переливались разными всполохами перед моим взором, потом звук тонкий и убаюкивающий пронизывал вокруг, он вибрировал, переливаясь и все громче звучал. Так продолжалось некоторое время, и потом глаза прояснились, и я увидел вдалеке сияние. Я двинулся в его сторону, оно светило ярким зелёным светом. Я посмотрел на свои руки — они были полупрозрачными и светились белым светом. Я продолжал движение, пока не достиг того, чего я так давно желал. Он распростёрся перед моими очами — зелёный мост, он светился и переливался зелёными частицами, вокруг меня были мелкие частицы зелёного цвета, они летали и звенели, как нечто живое и такое прекрасное. Ступив на край моста, я двинулся по нему не спеша. На другой стороне виднелся белый свет, он ярко бил в глаза и согревал своим светом, а я все шёл. Оказавшись посередине моста, я услышал голос Леи и обернулся — она стояла на коленях, у неё лились слёзы из глаз, спадая по щекам, её руки устремились в мою сторону.

— Не покидай меня, не уходи, останься со мной! — Лея? Сказал я и сделал шаг в её сторону. Мост потемнел, став темно-зелёного цвета. Лея растворилась в пространстве, будто её не было вовсе. Потом снова голос.

— Я сильнее тебя, и ты встанешь передо мной на колени, я покорю весь мир, ты ничто, ты слаб, ха-ха-ха. Голос был зловещий и неприятный, иногда переходил на шёпот, он появился — это был вестник новой эры, он смотрел и улыбался, не было в этой улыбке доброты, лишь злоба. Нет, нет, это всё не по-настоящему, я не должен был делать этот шаг, я пойду дальше в сторону света. Только повернувшись и хотя снова продолжить путь, не успел я сделать шаг, как опять услышал голос. Кир! Сын, вернись ко мне, я жду тебя, ты идёшь не туда, прошу, вернись. Там стоял мужчина, он улыбался и шёл в мою сторону. Очередная иллюзия, больше я не куплюсь на эти уловки. Но он всё говорил, и я почуял в его голосе недовольство и злость, это была тварь, которая не хотела моего пробуждения, пыталась воздействовать на мои страхи и слабости, но её я видел и узрел, что это иллюзорно. Я сконцентрировал свою силу, которая лилась через меня, и в моей левой руке появился огонь синего цвета, он полыхал ярко и сформировался в шар. Я кинул его в то, что было передо мной, то, что мешало мне продолжать свой путь. Шар огня попал в это существо, и оно завизжало диким стоном, растворяясь в небытие. Больше мне ничто не помешает. Я двинулся дальше, приближаясь к свету все ближе, к долгожданному пути. Дойдя до края моста, дальше я не чувствовал твердой поверхности, и сделав последний шаг, я погрузился в яркий свет. Меня подняло, и я летел, устремляясь вверх, все выше, чувство парения достигло своего апогея, и вдруг всё резко исчезло. Перед глазами всё туманно, но потом я начал различать очертания предметов, и зрение постепенно вернулось. Я стоял в очень большой зале, тут было так светло, но это не был свет нашего мира, он был иной, тут всё было чётче и ярче, будто светилась каждая деталь. Я услышал шаги невдалеке, ко мне приближался мужчина, его глаза были небесного цвета и переливались оттенками бирюзового, он был в ярко-синем одеянии. Он подошёл ко мне ближе и поравнялся со мной.

— Мир тебе, сын!

"Сын? О чём он? Может, это очередная иллюзия?" Но я не чувствовал от него зла. Подумал я.

— Кир, я настоящий. Словно прочитав мои мысли ответил он.

— Ты проделал огромный путь, я ждал тебя, я бог огня и твой отец. Я расскажу тебе почему меня не было рядом поведаю эту историю, если желаешь.

Я чувствовал, что он говорит правду, по моему телу пробежали переливы света, на глазах проступили слезы. "Я должен злиться и обижаться на него, но не могу, сейчас для этого не время, почему он бросил меня, почему не сказал раньше?" Я посмотрел на него и ответил.

— Поведай мне эту историю я желаю узнать. Я сказал это сдержанно, но это было одно из моих сокровенных желаний.

Он начал рассказывать.

— Хорошо. Почти восемнадцать лет назад, я спустился в ваш мир, как странник и путешественник, мне была интересна земная жизнь и то как живут обычные люди, я путешествовал из города в город из селение в селение, и однажды забредя на юг в селение "Ветви древа" я остановился там, мне понравилось как живут в этом селении, эти люди были не такими как в остальном мире их сознание было выше, и они следовали своим традициям развивались и сохраняли родовые знания. Там я стал одним из жрецов и передал многие знания вам, никто не знал кто я на самом деле, там я познакомился с твоей матерью, мы полюбили друг друга, твоя мать она из древнего шаманского рода, её предки были очень приближены к богам, потом родился ты, а затем и твоя сестра. Было смутное тогда время, и на ваше селение напало войско что вели темные жрецы, некому было защитить, некому было противостоять, тогда я решил вмешаться, я смог уничтожить эту нежить, смог ее изгнать, она забилась в свои тайные уголки ожидая лучшего часа. Но я нарушил закон, который гласил что боги не могут вмешиваться в дела людей, и тогда верхние боги изгнали меня из земного мира и запечатали единственный проход сюда — зелёный мост. На прощание я поведал твоей матери кто я, и просил чтобы она не говорила вам обо мне, ради безопасности, ибо посланники подземного бога рыщут в поисках вас, они бояться пророчества трёх оракулов. Я знаю что ты хотел узнать больше но времени у нас мало, тебе нельзя здесь долго находиться, иначе потом ты можешь не вернуться назад.

У меня на глазах навернулись слезы.

— Ты бросил меня! Оставил нас! Мне не хватало тебя, у всех был отец, а я ходил и только мечтал о нем.

— Кир, я всегда был рядом, и всегда буду, вспомни когда ты отдал слишком много сил кристаллу и умирал, я снова вдохнул в тебя жизнь, когда русалка тянула тебя в водную пучину, я пробудил, колыхнул частицу твоей силы и так ты смог спастись. Я твой хранитель, ты всегда можешь обратится ко мне находясь на земле я услышу тебя.

— Я не просил меня спасать, не просил! Ты мог просто поговорить, хотя бы во сне. На глаза снова навернулись слезы, и в горле повис комок, хотелось рыдать, но я не мог себе это позволить, он не должен видеть меня таким слабым.

Он подошёл и положил руку мне на плечо.

— Сейчас не время для обид, Кир, время уходит, тебе нужно возвращаться, — сказал он.

— Как мне пробудить мою силу, ты можешь мне помочь?

— Я могу лишь колыхнуть её, но остальное ты должен сделать сам, ты избранник, ты должен пробудиться, ты должен.. ты..

Его голос становился всё дальше и более глухим, он дотронулся указательным пальцем до моего лба и в ушах зазвенело, всё остановилось, мир расплывался, рассеивался на мелкие частицы я оказался снова на зелёном мосту, и побежал по нему, краем глаза я видел что мост позади меня рассеивался, если я не успею то навсегда потеряю связь с телом и тогда мир сгорит и вина будет отчасти и на мне. Что есть силы я бежал ещё пару метров, но мост рассеивался все быстрее, я видел что не успею, тогда сделав последний прыжок я начал падать и повис держась одной рукой за кусок светящегося зелёного камня, моста больше не было, он рассеялся - пропал я второй рукой зацепился за часть поверхности и залез на землю, и пошёл дальше, постепенно глаза видели все хуже все пропадало и я снова падал, ускоряясь в полете. Я услышал голос Леи, который шептал и звал меня, возвращая меня на землю. Работали наши узы, возвращая снова меня в тело.

Я открыл глаза, и чувствуя как растения щекочут по телу снова возвращаясь на стены, пол и потолок, рядом сидела Лея все ещё держа мою руку. Ты вернулся — сказала она. И обняла меня.

Глава 14

Три Оракула

На вершинах гор жило племя, скрытое от людских глаз, ибо знали они слишком много тайн. А в мире слишком много людей хотят их узнать и использовать в свою пользу. Почти на самых вершинах раскинулось их селение. Жили они на первый взгляд как обычные люди, и так и было на самом деле, но был у них храм, очень древний. Говорили, что сами боги его построили, когда жили на земле. Этот храм был в форме пирамиды, будто сделан из цельного камня. Его скрыли бревнами деревьев, чтобы выглядело это как дворец, а не нечто древнее. Жили в том селении три брата-близнеца. На первый взгляд их было не отличить. Иногда казалось, что это один и тот же человек. Они родились в день упавшей звезды, что явился началом нового времени, времени перемен. Они жили как обычные люди. Самый старший из них, которого звали Ша, любил петь и писать стихи. Люди слушали его и восторгались его мелодичным голосом. Он мечтал путешествовать по миру, даря всем мелодичность своего голоса. Средний брат, которого звали Ба, совсем отличался от старшего. Ему нравилась архитектура, и он придумывал разные дома и быт людей, сформировав в их селении дороги и красивые дома. Младшему брату дали имя Вежа. Он был очень мудр и любил философию. Он читал очень много книг и хранил знания. Ходили слухи, что он прочитал все книги мира и знает, как устроен мир. Каждый жил своей жизнью, пока им не исполнилось по 20 лет. Тогда всё изменилось. Как-то они собрались вместе и решили пойти в храм-пирамиду, дабы помолиться богам и просить о благословении на их пути в этом мире. Давно уже никто туда не ходил, ибо люди начали забывать свои корни и все дальше отдаляться от своего древа. Когда они вошли в храм, там все заросло растениями и паутиной. Пробравшись к алтарю, они увидели птицу, что забилась в ветках растений. Она уже потеряла много сил и так ослабла, что даже не пыталась выбираться. Тогда два брата начали рубить растения, а самый младший достал птицу. Они отнесли её домой, обогрели и накормили. Через некоторое время она окрепла и взлетела ввысь, кружась над ними. Потом она вновь спустилась на землю, и перед ними появился человек, но лишь с виду он был таким. Это был бог судьбы.

— Я слышал ваши молитвы. Промолвил он своим оглушающим голосом, который проносился сквозь долины, пробуждая всё пространство вокруг.

— Вы просили о своей судьбе? Вы должны послужить людям, послужить плетениям этого мира. Вы спасли одну из моих ипостасей, и за это я награжу вас троих даром пророчества.

Не успели братья опомниться, как перед ними снова появилась та птица и улетела в горную долину. Так они получили свой дар. Они больше не могли жить земной жизнью, они были посланниками самой судьбы и хранителями храма-пирамиды. Они очистили храм и стали там жить. Они писали свои пророчества и прятали в подземелья этого храма лишь небольшую часть, передавали людям. Они видели сквозь времена в самую даль. Плетения этого мира были им друзьями. И однажды на селение обрушилось войско приспешников подземного бога, которые уничтожали все знания и любые книги, оставляя людям лишь невежество. Им не нужны были думающие и мудрые люди, их устраивали только смерды, ибо ими легко управлять. Но, войдя в деревню, они не обнаружили там никого. Везде было пусто, даже храм пропал. Говорят, что сами боги помогли тому селению и до сих пор его никто не нашёл. Было ли когда-то это селение или это лишь слухи и вымыслы, многие не верили в эти предсказания, пока они не начали сбываться одно за другим. Тогда на эти предсказания началась охота, каждый хотел узнать, что будет, и начали появляться новые предсказания, доселе неведомые. Говорили, что вновь три оракула пробудились и явились в наш мир снова. Многие видели их в разных уголках света. Они как странники бродили и искали достойных хранителей.

Глава 15

Вестник новой эры

Предсказание трёх оракулов:
"Вестник забыл себя, находясь в забвении,
Его окутал мрак тяжёлого бремени.
И только власть и страх союзники его,
Забыл он, что есть свет и в мире есть добро.
Постигла его судьба безжалостно отняв
Всё, что он любил. Суждено было ему уйти
В другой мир, но он бросил вызов самой судьбе.
Под его рукой горела земля в огне,
Он больше не человек и пробудится ли вновь?
На руках его лишь одна кровь и жажда
Захватить весь мир, но ветра перемен избранника пошлют
И в битве той две силы огненной столкнут".

— Гаян! Ты где? Гаян? Ну сколько мне тебя искать? — женщина с волосами цвета ночи и карими глазами, в льняном платье белого цвета, шла по лесу, искала своего сына, который любил прятаться. В этот раз, когда она отвлеклась, он ускользнул от неё. Для него это была игра, а она начинала волноваться, так как уже немало времени прошло.

— Гаян!

Мальчик стоял совсем невдалеке возле дерева, сидел и иногда поглядывал на мать, улыбаясь. Он был доволен собой. Снова выглянул, но матери не было. Вдруг позади него его подхватили женские руки, и он закричал от досады, что его нашли. Ему было всего семь лет. Он был, как и его мать, с темными волосами и темными глазами. Он был как все дети, лишь иногда в нем просыпался дурной характер. Они жили в небольшой деревушке на дальнем востоке, где было тепло почти круглый год.

ИЗБРАННИК ЗОВ ПРЕДНАЗНАЧЕНИЯ

Когда мальчику исполнилось десять лет, на деревню напали. Это был какой-то жадный князь, который подминал под себя деревни, не принадлежащие никакому княжеству. Некому было их защитить. Деревню спалили, некоторым удалось убежать. Гаяна и его родителей взяли в рабство, заставляя таскать камни для новой крепости князя. Многие там работали почти без сна, их били плетьми, а на ярком солнце многие не выдерживали и их бросали в яму, где они доживали последние часы или дни.

Гаян был очень крепок для своего возраста и работал усердно, мечтая сбежать. Однажды им подвернулась возможность, когда многие стражники выпили хмельного и заснули раньше обычного. Он и его родители вышли за границы каторги, но невдалеке услышали голоса, их заметили. Один стражник бежал в их сторону, крича, чтобы они остановились, натягивая стрелу на тетиву лука. Но они бежали. Стрела полетела в их сторону и вонзилась в отца, который упал и больше не вставал. Стражник подбежал к матери, и замахнулся мечом но мальчик встал возле неё.

— Отойди, малец! Ты нам ещё нужен, а с этими я покончу. Сказал стражник. Мальчик не отходил, и тогда стражник вонзил меч в него. Он упал и чувствовал, как гаснет мир. Тогда он взмолился. Ненависть и злоба овладели им. Он просил вернуть его обратно, он должен наказать их всех за ту боль что они ему починили. И тогда перед ним появился бог, его тело было соткано из темных плетений, глаза горели древним и подземным огнём разрушения.

— Я помогу тебе, верну тебя к жизни, и за это ты поставишь для меня весь мир на колени. Ты будешь моим вестником, вестником новой эры, моей эры, эры забвения и страха, эры слепой веры в меня. Сказал бог.

Не долго думал мальчик. Он согласился, и тогда бог разрезал себе руку обсидиановым кинжалом и полил кровью его раны. Утром мальчик очнулся, рядом никого не было, но он чувствовал в себе новую силу. Из рук струились сполохи темного красного огня, который хотел пожирать и разрушать. Он двинулся в сторону княжества и спалил его дотла, спалил каторгу и всё вокруг. Лишь крики боли и отчаяния слышались, но ему было всё равно. Он уже не был человеком, он был вестником.

Глава 16

Последняя битва

Предсказание трёх оракулов:
"Вращается колесо, и время стирает в пыль,
Всё, что туда ушло, теперь превратилось в быль,
И движется колесо, неся с собой бурю и смрад,
Последние времена надвигаются на мир тьма.
Покинули боги наш мир, оставив лишь слова,
О том, что явит избранник силу своего вечного огня".

Топот и ржание лошадей, летающая пыль, неприятная вонь, запах смрада и плесени. Огромное войско в темных доспехах распростерлось до самых долин, и края его не видно. Небо было кроваво-красного цвета, и оттенки мира стали иными. Солнце закрывала луна, и всё больше смеркалось, лишь небольшие лучи солнца были видны, и потом наступил полумрак. Воин в тёмных доспехах и тёмном плаще, на котором было изображено плетение тёмно-красного цвета, — там было изображено колесо со всполохами огня, знак подземного бога, знак веры, то, что они насаждали на города. Кто отказывался принимать, горел в огне, лишь вопли и крики о пощаде, но не было пощады, ибо должна начаться новая эра, и её нёс вестник своим и огнём и мечом. До селе не было силы, способной остановить его. Многие ждали избранника, но с каждым горящим городом вера в него становилась всё слабее, никто не знал, почему он ещё не остановил надвигающуюся бурю, бурю отчаяния и страха, морального падения и рабства, слепой веры и иллюзии. Вестника подняло над землёй, и из пространства начали появляться тёмные сплетения и вихри, знаки подземного бога, стёрлась невидимая грань между земным миром и подземным, и смог подземный бог проявить свою силу на полную мощь. Он передавал часть её вестнику, который впитывал её и становился полубогом. Подземный бог, как и все боги, тоже должен был соблюдать закон, который не позволял вмешиваться своими руками в дела людей, поэтому он действовал через вестника, он был его знаменем, его оружием.

— Мы бежали с Леей за Ведамиром, который вёл нас в тайное место, как он сказал, это поможет нас быстро переместить в другую часть мира. Мир вокруг становился всё темнее, и время было на исходе, грядёт последняя битва. Я бежал и думал о предстоящем. "После того как я очнулся и встретился с отцом, я не чувствовал в себе изменений, я не ведал, как смогу противостоять вестнику, который, как сказал жрец, был уже полубогом, в нём сплелись два мира, земного и подземного, а я всего лишь мальчишка из пророчества, в которое многие верят, но верю ли я? Я верил только в силу, что текла по моим жилам, надежда была только на меня, весь мир чего-то ждал от меня, думая, что вот так просто я появлюсь и спасу их жизни. Но я не чувствовал этой уверенности, отец сказал, что он лишь колыхнёт часть моей силы, остальное я должен сделать сам, должен пробудиться, просто вот так!? Где же нащупать эту нить, отыскать грань и частицу, хотя бы зацепиться за часть этой мощи, я же не просто человек, я потомок шаманов и богов, во мне тоже сплелись две силы, силы земные и силы небесные. Я знаю точно, что сделаю всё возможное, чтобы пробудиться, мир не должен быть под властью этой твари". Кир, времени почти не осталось, скорее! Я отстал от Ведамира и Леи, они удалялись от меня, я ускорился. Мы приближались к зданию, которое поросло зарослями со всех сторон, тут не было зимы, мы вошли через неведомую границу, как сказал Ведамир, сами боги охраняют это место от чужих глаз, и время тут течёт по-другому, более медленно, хоть что-то нам было в помощь и это давало надежду. Я разглядывал здание, до него ещё было двадцать метров, и вдруг я понял, что это не просто здание, это пирамида серого цвета высотой около десяти метров. Мы приблизились, и я увидел, как Ведамир взял свой посох и шептал древние молитвы, ведомые только жрецам, здание завибрировало, издало оглушающий звук, и я почувствовал энергетическую волну, от которой все тело захлестнуло порывами легкого ветра и вибрацией по телу. Я покосился на Лею, с ней происходило то же самое. Двери пирамиды отворились, и мы двинулись ко входу. Ведамир зашёл первым, потом Лея, и я позади. Я был немного рассеян, будто находился одновременно в трёх мирах сразу, иногда перед моими глазами менялась картинка совсем другого мира, я не помнил, что происходит, да и времени не было над этим размышлять, только лишь двигаться вперёд и верить, как верили многие, что мир будет спасён, правда моими руками, и груз ответственности на моих плечах давил всё сильнее. Кир, ты в порядке? Очнись! На меня смотрела Лея, возвращая меня из других параллелей и реальностей. Я натянуто улыбнулся.

— Я в порядке, просто задумался. Жрец повернулся в мою сторону и сказал:

— Сейчас не время на размышления, Кир, иначе пропустим тот момент, когда мы ещё можем спасти этот мир. "Хм, мы или я? От помощи я бы не отказался", подумал я.

Посередине пирамиды стоял камень внушительных размеров, похожий на яйцо. Жрец подошёл к нему и ударил посохом по камню, послышался звон, и затем треск, отбивающийся от стен пирамиды, камни начали осыпаться, и через мгновение мы с Леей охнули, мы увидели кристалл лилового цвета, он переливался, и я почувствовал исходящее от него тепло. Ведамир сделал жест, чтобы я подошёл.

— Подойди сюда, Кир, дальше нужна твоя сила, чтобы открыть портал, только боги и их близкие потомки могут это сделать.

ЯРОСЛАВ СЕДЫХ

Я подошёл, не зная, что делать, но почувствовал лёгкий манящий звон от кристалла, он звал меня и был словно живой, разговаривая на своём языке. Я подошёл и коснулся его поверхности, он был горячим, в сознание начали полыхать лиловые цвета, переливаясь и двигаясь, словно в летящем потоке. Потом пришли слова, которые сорвались с моих уст:

"Закрытый богами портал,
Ключом открываю!
Плетения вплетаю!
Пусть сила моя,
Даст распечатать врата!
И путь проложит на юг!"

Звон кристалла усилился, превращаясь в мелодию, и мы увидели, как на кристалле начал формироваться вихрь, как водоворот, закручиваясь по спирали по всему основанию кристалла и формируясь в прозрачный проход лилового цвета.

— Мы можем идти! — повернулся я к Ведамиру и Лее. — Кир, дальше я не иду, не имею права, я жрец севера и хранитель его, моё место здесь, и это твой путь, я верю в тебя, помни, кто ты, чтобы ни случилось, в тебе сокрыта сила бога, ты найдёшь стезю, как открыть её в себе. Всё, идите! Мы ещё увидимся, все мы связаны узами судьбы. — "Тяжело прощаться, мы за это время, что были здесь, стали друзьями, будто мы знакомы уже очень давно, но нужно идти, надеюсь, мы ещё увидимся". Подумал я. Ведамир махнул нам рукой на прощание, а мы с Леей, взявшись за руки, двинулись в глубь портала. Я почувствовал, как меня обволакивает со всех сторон нечто густое и теплое, а потом мы упали на каменный пол, вокруг были заросли разных растений, на некоторых были цветы жёлтого цвета. Мы огляделись вокруг, мы были в почти такой же пирамиде, кристалл тут был почти такой же, как и там, откуда мы пришли, через секунду я увидел, на кристалле начали появляться слои камня вскоре это стало просто каменным яйцом. Вдали мы увидели свет, видимо, то был выход, Лея вышла первая, а я услышал, как сзади меня подул небольшой ветерок, вроде бы ничего необычного, но я обернулся и увидел то, от чего рот непроизвольно открылся, там стояли три фигуры, полупрозрачные, переливаясь серебряным светом, они были в капюшонах, в плащах, и я услышал шепот, который шёл на меня, сразу три голоса шептали вместе с небольшим дуновением ветра.

Пробуди чувство веры...
освободи свои страхи...
освободись от иллюзий...

Я хотел уже заговорить с ними, но в этот же момент всё рассеялось, растворилось на мелкие частицы, лишь я увидел серебряные частицы пыли, которые удалились вглубь пирамиды. "Кто они? Неужели это те три оракула, о которых знал весь мир, и почему они явились мне, они пытались что-то сказать, о чём-то поведать, это должно мне как-то помочь в предстоящей битве, но как?" — Кир, ты чего застыл на месте? — крикнула мне Лея. И я направился к ней, ступая по ступенькам вниз от пирамиды. Я спустился, и мы пошли по тропе зелёного цвета, вокруг пели птицы, и пахло весной, капельки росы стекали по траве, как я соскучился по этой поре года, хотя был на севере всё то почти месяц, добираясь по снегу к Севернору, но там будто всё замерло и застыло, а тут жизнь играет своими красками, я вспомнил про своего сокола, которого оставил на севере, Ведамир сказал, что приглядит за ним, взять его с собой я не мог, как сказал Ведамир, животным опасно передвигаться через порталы, я ещё его заберу, Ведамир обещал, что то была не последняя наша встреча, а жрецы слов на ветер не бросают, это я знал точно. Лея повернулась ко мне и заговорила.

— Кир, ты как? В последнее время ты какой-то странный, находишься будто бы не в этом мире, ты точно в порядке? Я слышала, что это бывает опасно, долго находиться в других измерениях, они затягивают, и потом сложно восстановить связь с реальностью.

Я усмехнулся.

— Откуда ты всё это знаешь? Я думал, друиды лишь варвары, которые поклоняются своему медведю, а чужаков казнят, как и меня пытались.

Лея нахмурилась, потом на её лице я увидел возмущение.

— Ты многого о нас не знаешь, и судишь лишь по двум дням, что пробыл в нашем лесу. Я так же могу сказать о тебе, Кир, вы выгоняете из своего селения людей, ставя печати отречённых на коже людей, разве это благородно?

Я тоже нахмурился, на моём лице застыло негодование.

— Мы следуем давним традициям, и только благодаря этому наше селение очень развито духовно, те, кто идут по пути смердов, не место там, они могут спокойно жить в остальном мире, и поверь, так лучше и для них, и для нас. Знаешь, Лея, хоть ты и задела меня, но я рад, что ты свободно об этом говоришь, не боишься себя настоящую. Помню, как в начале ты лишь соглашалась со всем, говорила, что следуешь за мной, что такие традиции, а теперь ты защищаешь друидов, говоря, что они не варвары. Я правда вспылил, прости меня.

Я искренне на неё посмотрел. Она улыбнулась.

— Иногда ты бываешь таким непереносимым, Кир.

— То есть ты меня не простишь, Лея?

— Не за что прощать, — сказала она и двинулась вперёд, сделав гордое лицо.

А я задумался: "Что ж, если обидел женщину, это надолго, пусть дуется на меня, все равно потом простит, или припомнит мне. Наверное, называть её племя варварами было жестоко, ведь она тоже была его частью, поэтому таким образом я нанес оскорбление ей тоже. Скоро нас ждёт последняя битва, а мы ещё и поссорились, нехорошо это". Дальше мы шли молча, так и не заговорив, нет, я пытался начать разговор, правда, но Лея лишь кивала или говорила "угу". Поэтому я прекратил попытки, поистине, сколько ещё можно обижаться. Я снова задумался: "Затмение уже прошло, значит, вестник набрал огромную силу, сейчас его войско на востоке, и собирается двигаться на юг, стирая всё на своём пути. Интересно, как там Велегор, и жив ли князь? Последний раз мы с ним говорили тогда в бане через энергетическую связь, когда мы с Леей были в той мрачной и заброшенной деревне. Интересно, сколько нам ещё идти, мы двигаемся к княжеству Дарограду, лишь бы оно было ещё цело". Я достал карту, там, где мы, это дикие леса, дальше будет посёлок, а за ним уже само княжество, примерно тридцать верст, такое расстояние можно преодолеть за целый день, или чуть больше, можно в деревне купить коней, тогда мы доберёмся в четыре раза быстрее. Деньги были, я часть золота, что в дар мне оставил князь, переложил в мешочек, когда был на севере, так как шкатулка и все золото очень тяжелые, отдал Ведамиру, пожертвовав остальное золото на его храм и за помощь нам, он отказывался, но я настоял, ведь без него я бы не попал к зелёному мосту и не встретился бы с отцом. Мы видели вдалеке дым от домов и строения из дерева. Там мы нашли ферму и купили двух коней тёмного цвета с белыми полосами, на них было много шерсти, которую, как сказал фермер, они расчёсывали, это редкая королевская порода, может, просто он хотел получить больше денег, сказал, что пять золотых за две лошади, что ж, я ему отсыпал десять золотых, сегодня я щедрый, он был доволен, но Лея смотрела на меня изумлённо, наверное, думала, чего это я раскидываюсь деньгами. К вечеру мы уже приближались к княжеству Дарограду. Войско вестника ещё не было видно, значит, успели.

Когда мы оказались во дворце, нас встретил Велегор, я рад был снова его видеть, хоть он и старый обманщик, обвёл меня вокруг пальца, заставив поверить, что он тоже идёт на север, потом использовал меня, чтобы остановить вестника, да это было так, но я рад был его видеть, все таки он мне не чужой, как сказала Лея однажды, он ей друг, значит, и мне тоже.

— Кир, Лея, мир вам, — поклонился Велегор.

Мы тоже его поприветствовали и поклонились. Он провёл нас в наши покои и сказал, чтобы мы отдохнули после дороги, а все разговоры потом. Внутри я снова увидел ванну, из которой шёл пар. "Интересно, как они так ловко успевают её нагреть, может это какая-то древняя магия?" Мне стало интересно, и я подошёл ближе, на первый взгляд ничего необычного, но наклонившись ниже, я увидел маленькую дверцу, которую открыл, и там увидел огонь, который догорал, он нагревал воду в ванной, внутри был чугун. "Что ж, это не магия, это продуманная конструкция", подумал я. После того как мы искупались, пошли к тронному залу, там мы встретили князя Родогора, а Велегор стоял рядом, они стояли за столом и что-то тихо обсуждали, князь иногда ходил то в одну, то в другую сторону и хромал на левую ногу, видимо это рана давала о себе знать после сражения с войсками вестника. Мы поздоровались и поклонились. Князь оживился, увидев нас.

— Кир, Лея! Ну и где же вас носило столько времени? Наши шпионы доложили, что войско спалило очередную деревню и сейчас движется на наше княжество, я разослал послов во все города, княжества, многие откликнулись, союзное войско сейчас двигается к нам, у них стотысячная армия, и наших воинов десять тысяч. Конечно это не сравниться с армией вестника, мне доложили, что у него около двухсот тысяч воинов, если не больше, весь восток под его знамёнами. Велегор приблизился ко мне и сказал.

— Да, это правда, и мы не победим в открытом бою, только можем потянуть время, ты должен уничтожить вестника, я не думаю, что он откажется от битвы с тобой, тут сыграет его гордыня, сыграет нам на пользу, он думает, что непобедим, ведь он теперь полубог, ты наш козырь, Кир, сегодня ночью ты проберёшься в его ряды, и уничтожишь его, после того как он падёт, его воины отступят. "Да, Велегор, мыслит так спокойно, называя меня козырем, будто я лишь фигура на столе, неужели у него нет нормального человеческого отношения? Или ему действительно все равно?" Я вспомнил его грустное лицо, когда я чуть не умер от передачи сил кристаллу. "Нет, всё-таки, возможно это его маска, хотя сейчас конечно совсем так не кажется". Я ответил.

— Велегор, князь, вы говорите, что я вот так просто проберусь в его ряды и одолею вестника, но я ещё так и не научился контролировать свои силы, я знаю, что на меня вся надежда, но я не могу обещать вам что-то. Велегор начал о чем то говорить, но на полуслове его вдруг перебила Лея.

— У нас есть шанс победить, говорите, у него двухсоттысячная армия? Я послала весточку своим родным, они князья в лесу откуда я родом и сейчас они созывают друидов со всех лесов, а это примерно сто тысяч, у нас у всех есть луки и стрелы, мы сильно можем ослабить стрелами ряды воинов вестника. Я поведу эту армию, они последуют за мной.

Сказать, что я был удивлён? Это ничего не сказать, я просто стоял непроизвольно, открыв рот от удивления. И погрузился в свои мысли: "Почему она не сказала мне? Просто так выдала это, а я ничего не знал. Я почувствовал себя сейчас совсем не значимым, какой-то пешкой, лишь мальчишка из пророчества, который обязательно пробудится, тьфу, так обидно, она не была со мной честна, может это из-за того, что я назвал её народ варварами? Может она хотела доказать, что её народ очень сильный, что они тоже люди. Я думал, это лишь мелочь, а я ранил её своими словами, и что мне сделать, чтобы она меня простила? А нужно ли мне это прощение? Может наши дороги теперь разные, но за это время я к ней привязался, любил ли я её? Она мне точно не безразлична, может я боюсь впустить чувства в своё сердце, когда-то меня отвергли, нанесли рану, было тяжело кого-то снова полюбить, боясь снова почувствовать себя отвергнутым, я скрываюсь под маской мудрости, осознанности, а внутри лишь мальчик, который боится проявить свои чувства, может в этом и кроется то, как мне пробудиться?" Я невольно вспомнил слова трёх оракулов, что шептали, чтобы я отпустил страхи, избавился от иллюзий, и пробудил чувство веры, но как это сделать? Времени так мало, а я с этим так и не разобрался. Хотелось просто сбежать отсюда, спрятаться, сказать, что они все ошиблись, я обычный человек, ищите другого". Вдруг я услышал громыхающий голос, он вибрировал мощью и силой. Это отец.

— КИР! НЕ ВПАДАЙ В УНЫНИЕ, ПОМНИ, КТО ТЫ, РОД ДРЕВНИХ ШАМАНОВ НА ТВОЕЙ СТОРОНЕ, Я БОГ НА ТВОЕЙ СТОРОНЕ, МЫ ВЕРИМ В ТЕБЯ!

— Спасибо... прошептал я. На глазах навернулись слёзы, но я тут же смахнул их с себя, опять не вовремя, я должен всем казаться сильным, они должны верить, что я спасу их, даже если я в этом до конца не уверен, сделаю вид. Я вернул свою маску уверенности.

Князь повернулся к Лее и сказал.

— Мы не можем доверять друидам, ведь мы никогда не были союзниками, они всегда считали леса своей территорией, даже те, что были в наших владениях, такая армия может и нам нанести ущерб, мы откажемся от такого предложения. Лея хотела что-то сказать, но я её опередил.

— Князь Родогор, Лея моя жена, а я избранник, разве вы откажетесь от такого дара? Это армия и правда может нам помочь не только выиграть время, но и победить в битве. Родогор задумался, а Велегор приблизился к князю, что-то зашептал, и они отошли в сторону, тихо переговариваясь. Мы остались стоять с Леей наедине и молчали. Я решил нарушить тишину.

— Лея, ты не должна мне что-то доказывать, я был не прав.

Лея взглянула на меня холодным взглядом и притворно улыбнулась.

— Ты думаешь, это ради тебя? Это ради спасения нашего мира, если войско князей падёт, то потом и на друидов обрушится рука вестника, не думай что, я делаю это ради тебя.

Я промолчал, с одной стороны и правда так и будет, с другой, я чувствовал, что она специально так говорит, чтобы задеть меня. Я должен узнать, что она думает, узнать правду. Я вошёл в состояние, как учили жрецы в моём селении, мысли пропали, и я попытался погрузиться в её сознание, но наткнулся на барьер, он был зелёного цвета и отталкивал грани моего сознания, не давая проникнуть в её разум. Потом резкая волна двинулась в мою сторону, и я снова вернулся в обычное состояние. Лея посмотрела на меня, слегка улыбнувшись.

— Каждого друида с детства через обряд соединяют с природой, а друидов-наследников проводят через все грани природы, нас питает сама земля, я защищена самой природой, на меня не действуют многие виды магии, можешь не пытаться прочитать мои мысли, ведь варвары думать не умеют, верно?

— Я лишь хотел...

— Хотел узнать, что я думаю, я поняла. Давай закончим этот разговор, тем более сейчас не время для этого. Велегор с князем подошли к нам. И князь заговорил.

— Мы принимаем предложения Леи, друиды теперь наши союзники, по крайней мере на время.

Лея облегчённо вздохнула. И на этом мы закончили.

Я собирался в путь, собрав свою котомку с пожитками, решил захватить книгу отца, может она мне поможет в предстоящей битве. Я пойду один, Лея станет во главе с друидами. Странно вот так с ней прощаться, сейчас наши отношения терпят не самые лучшие времена, винить ли в этом кого-то? Нет, просто нужно время, если конечно мы выживем. Я подошёл к Лее, она смотрела на меня своими серыми глазами, в которых отражались голубые нотки. Я слегка обнял её, потом она отстранила меня.

ЯРОСЛАВ СЕДЫХ

— До встречи, Лея, береги себя. — сказал я.

— И ты себя береги. Увидимся — прошептала она..

Я скакал на коне, уже смеркалось, к ночи я доберусь до лагеря вестника. Я волновался, чувствовал, как сердце билось, как бурлила кровь. Я тяжело дышал, и вспомнив учения жрецов, начал глубоко дышать, вдыхая носом и выдыхая через рот. Через некоторое время немного успокоился. Так я скакал до глубокой ночи. Вокруг меня проносились поля и леса, иногда ветки били в лицо, но я все продолжал свой путь, несмотря на то, как устало и затекло всё тело. Конь тоже тяжело дышал, нужно было сделать хотя бы небольшой привал. Я остановился возле небольшого ручья возле выхода из леса, привязал коня возле речки, тот принялся жадно пить воду. Я тоже достал свою флягу и, набрав холодной воды из ручья, попил воды. Уже взошла луна, своим серебряным светом освещая лес и отражаясь в реке. Я сел, облокотившись к дереву, разводить костер не буду, скоро опять начну выдвигаться. Я порылся в своем мешке и, найдя пирог, принялся есть, потом случайно рукой зацепил книгу отца. Я взял её в руки, такая тяжелая и столько в ней страниц. Решив её открыть, на первых двух страницах не было слов, они перешли ещё давно на мое тело. Я открыл дальше и нахмурился, потом удивленно раскрыл глаза. Знаки были буквами, которые я понимал. Перелистывая страницы дольше, я обнаружил, что все страницы мне понятны. Потом конь подошёл ближе ко мне, и его тень закрыла часть страниц книги, и там, где была тень, слова с непонятными знаками, и вдруг меня осенило. Улыбнувшись, я обратился к коню:

— Спасибо, друг! Как же я раньше не догадался, ха-ха! Это свет луны делает так, чтобы знаки были понятными мне словами, ведь каждый раз, когда я мог прочитать книгу, светила луна! Я думал, что это просто происходит каким-то тайным способом, это он и был. Теперь я смогу впитать в себя всю силу книги. В котомке что-то зашевелилось, и я озадаченно посмотрел туда. Направив руку и пытаясь найти, от чего идёт это шевеление, я наткнулся на коробочку и вытащил её. Это коробка, которую мне дала мать, когда я покидал своё селение. Я открыл её, там лежал браслет, который я ни разу так и не надел. Что ж, видимо, сейчас время сделать это. Я надел браслет на левую руку. Браслет был из темных бусин, матушка говорила, что он сделан из вулканической породы, что ему очень много лет. Я почувствовал от него какую-то силу, она была лёгкая и лилась как река. Вдруг я услышал голос позади себя:

— Кир!

Я резко обернулся, достав кинжал и готовясь к сражению, но увидел перед собой матушку, она была полупрозрачная, переливаясь серебряными переливами.

— Матушка?

— Я пришла сказать тебе кое-что, послушай. Эта книга не твоего отца, это моя книга. Твой отец спрятал её по моей просьбе, чтобы уберечь тебя от приспешников вестника, которые вели охоту на эту книгу. Она передавалась по роду, там знания всех предков шаманов, что жили до нас. Раньше это могло причинить тебе вред, потому что ты не был готов, но сейчас в тебе пробуждается сила, которая должна слиться с этой книгой. Время для этого пришло.

— Матушка, но почему ты мне не говорила об этом?

— Ты не был готов. Я верю в тебя, Кир.

И я увидел, как она рассеивается, оставив меня в глубокой задумчивости. "Все от меня что-то скрывали и говорили, что это для моего блага, но если бы узнал тогда, то и правда мог и не выжить. Значит, та способность видеть глазами птицы перешла мне от моих предков шаманов, а не от отца, ещё одна загадка стала ясна как день. Пришло время вобрать в себя силу шаманов." Конь заржал, видимо, подтверждая мои слова. Я вернулся к книге и вздохнул. Время пришло, и, приложив руку к странице, где были буквы, я почувствовал жжение. Руку покалывало, но не было той боли, что раньше. Знаки переходили на мою руку, разбредались по телу, и я чувствовал, как всё тело покалывает. Все вокруг замедлилось и будто тысячу мелких игл впились мне в кожу. Перед моим сознанием мелькали картинки. Сначала женщина в древнем одеянии шаманов, что скрывало лицо, приложила чашу ко моим губам и прошептала: "Испей знания и силу". Я почувствовал горечь во рту, которая разлилась теплом по телу, а лица всё сменялись другими: мужчины, женщины, старики и старухи, даже иногда дети. Все они давали мне чашу и шептали: "Испей". И я пил, погружаясь все больше в плетения и грани других миров. Больше не было перед глазами леса только "их лица". Я почувствовал, как моё тело упало на землю, и тысячи людей подходили, и всё шептали, чтобы я пил. Я будто надулся как огромный шар, в меня всё вливали знания без остановки.

Я очнулся, свет бил в глаза, уже был день. День! О, боги, силы небес. Я опоздал! Опоздал, я почувствовал запах гари и дыма. Конь стоял рядом, я залез на него и поскакал в сторону поля. Всё горело темно-красным огнем, распространяясь всё дальше. Огонь шёл в сторону леса. Это был необычный огонь, огонь вестника. Я должен был его остановить. Но как? И вдруг я увидел воду, она была в пространстве, лишь нужно было её собрать воедино и обрушить на этот огонь. Я слез с коня и посмотрел вверх на облака, нащупав плетения этого мира, я колыхнул их, предоставляя, как вода собирается над этим полем, обрушиваясь на горящее поле. Через некоторое время начали сгущаться тучи, потом сверкнула молния и прогремел раскат грома, но я слышал это лишь приглушенно. Силу и внимание я направил на дождь, и он полил, сильный ливень, как из ведра, а я стоял, руки распростёрты по сторонам. Я взывал к дождю все сильнее, находясь в гранях параллельных восприятий. Дождь тушил огонь, оставляя лишь густой дым над полем. Я услышал голос насмешливый и зловещий голос:

— Избранник!

Я увидел, как идёт воин в темных доспехах, его темный плащ развевался на ветру, дождь обходил его стороной, над ним будто был невидимый купол. Воин снова закричал.

— Ты не помешаешь мне своими фокусами! Слышишь! Ты для меня лишь червяк, который я раздавлю! Я полубог! А ты лишь мальчик, думающий, что может меня одолеть!

Он приближался ко мне, идя, ступая по грязи уверенными шагами. Я почувствовал запах смрада, что веял в пространстве. Я вышел из граней восприятия параллелей, в свое обычное состояние. Его глаза горели всполохами кроваво-красного, в них было нечто не от этого мира. Я сложил тонкую ткань энергетического сгустка и направил в его голову. Я должен узнать, кем он был до этого. И я увидел его историю и то, почему он стал таким, от начала и до конца. Можно было бы пожалеть это существо, но слишком много зла оно причинило миру. Только достучаться до него, до того, кем он был раньше. И я промолвил:

— Гаян! Останови это, вспомни, кем ты был раньше! Разве твоя мать хотела этого? Что бы она подумала, увидев тебя?

— Не смей! Не смей мне говорить о моей матери, щенок! Её отняли у меня, тебе неведомо, что я пережил. Ты падешь к моим ногам или умрёшь!

Ничего не осталось от того мальчика, лишь злоба и ненависть, это был уже не человек, лишь тварь, что желала поработить мир.

— Гаян, ты проиграл! Наше войско больше твоего, ты ещё можешь сдаться и выжить!

— Гаян лишь усмехнулся, расплываясь в злобной улыбке.

— Не думай, что я так глуп, мальчишка! Моё войско разделилось на две части. Другая же его часть расположилась на юге, шпионы думали, что здесь у меня двести тысяч, но это лишь мираж, который я создал. Ха-ха-ха, как же вы все глупы! Мы захватили княжество Дароград. Кстати, она тебе знакома?

Из клубов дыма я увидел, как идут два воина и тащат в черных цепях девушку, её лицо в грязи, в глазах застыла боль. И вестник поднял руку, указав пальцем на меня.

— Сдавайся, мальчишка! Или я убью её.

Он кинул мне темные браслеты, что переливались всполохами коричнево-черного огня.

— Одевай эти браслеты, они заблокируют твою силу, тогда девка будет жить, обещаю, — сказал он.

“Можно было ему верить? На кону жизнь Леи, а с другой стороны, весь мир.” Вестник достал кинжал и, подойдя к Лее, приложил нож к её горлу. И закричал.

— Быстрее!

Мысли проносились с бешеной скоростью. "Времени не нет. Она должна жить. А дальше я уж как-нибудь разберусь. Я рискну всем, но не потеряю её, не за что."

Я одел браслеты, и мир вернулся в обычное состояние, как было когда-то ещё до проявления моей силы. Лею отпустили, сняв с неё цепи, она побежала ко мне, подойдя, она обняла меня.

— Что ты наделал, Кир? Теперь мир сгорит, измени свое решение.

— Лея, прости меня за всё. Возьми мой красный амулет, он тебя защитит.

Я снял с себя амулет и надел на её шею. Она прошептала:

— Я никогда не держала на тебя зла. Я люблю тебя. Я только недавно это поняла. Я прощаю тебя.

Так и не успев ничего ответить.

Я услышал голос вестника:

— Убери свою девку!

— Лея, прошу отойди. Прошептал я.

ИЗБРАННИК ЗОВ ПРЕДНАЗНАЧЕНИЯ

— Нет! Я тебя не оставлю тут! На её глазах появились слёзы.

Она обняла меня крепче. И я с силой её отстранил, с неё стекали слёзы.

— Лея, со мной всё будет хорошо, прошу тебя беги, спасайся!

Она побежала. А я воззвал к отцу и роду шаманов. И почувствовал, как колыхнулась моя сила, как бьётся о оковы, пытаясь выйти наружу. Я послала силу веры в свое сознание, которое мурашками шло по моему телу. Я рушил иллюзии, созданные мной же, я отпускал все страхи, позволяя им уйти. Я больше не держался за старое, всё сильнее усиливая этот напор силы, всё сильнее, волнами по моему телу бурлила сила, спиралью шла по моей структуре. Всполохи огня цвета радуги закружились вокруг меня, меня подняло над землёй, а вокруг начали бить молнии и громыхать громом, я пробуждался, пробуждался от древнего сна, вспоминая, кем был раньше, вспоминая, как создавались миры, и пространство приносилось вокруг, озаряя всполохами разноцветного огня вокруг. Девять колец огня сформировались вокруг и впитались в мое тело, пронизывая до самых частиц. Меня опустило на землю, браслеты, что были на моих руках, с треском разлетелись на мелкие частицы. И я направил на вестника всю силу огня из рук и молний с небес, его невидимый ореол сдерживал мои атаки. Из его рук полетел кроваво-красный огонь в мою сторону, и наши силы столкнулись, пространство вокруг будто сжалось, был слышен лишь громыхающий звук который проносился оглушая. Молнии всё ударяли в вестника, и я увидел трещины в его поле. Я усилил поток силы, по всему телу проносились волны энергий, которые я раскачивал и посылал на врага. Через некоторое мгновение, поле вестника лопнуло, разлетаясь в пыль, и следующая молния ударила в него. Он упал на колени, и я собрал всю силу, огромный шар огня небесных цветов, и бросил его в вестника. Он ударился о него, разбив его темную структуру, и через мгновение лишь темная дымка осталась, которая превратилась в пепел, падая на землю. Было что-то не так, и я понял что, вдруг я увидел боковым зрением, как что-то промелькнуло, пылая темно-красным. Я хотел остановить это, но было уже поздно. Это был последний всполох огня, что вестник незаметно испустил перед своей кончиной. Он летел в сторону Леи, ударившись в неё. Пространство вокруг неё вспыхнуло ярко-красным шаром, и её откинуло назад. Я увидел, как красный камень на её шее треснул, а потом разлетелся на мелкие осколки. Мир застыл передо мной, я бежал в её сторону, не чувствуя ничего вокруг. Я подбежал к ней, она лежала на земле и тяжело дышала, я подхватил её, положив на колени. Из моих глаз полились слёзы.

— Лея, прости, прости, прошу, ты нужна мне!

Я увидел, как она шепчет что-то.

— Ты так... ты так и не сказал, что любишь меня...

Она испустила последний вздох, и её лицо застыло; она так и осталась лежать на моих коленях.

— Я тоже тебя люблю... — прошептал я, держа её бездыханное тело, и просто рыдал сотрясаясь от боли потери.

Я тряс её за тело и всхлипывая и кричал.

— Лея, слышишь!? Тоже люблю, я, тоже.. Прошу тебя, не уходи..

— Лея прошу не умирай! Прости меня что не сберёг тебя!

Пространство вокруг будто тоже сотрясалось от моих воплей, ветер подул с огромной силой клоня деревья к земле.

Как я мог быть таким глупым? Как мог допустить это, она погибла из-за меня, слёзы струились всё сильнее. Она любила меня всё это время, я должен был сказать ей, должен был сказать, что тоже её люблю; она так и не услышала моих слов, она ждала их.

Если бы только тогда она осталась в лесу, нужно было просто сбежать тогда, я вспомнил, как обещал беречь её, когда нас венчали, я не выполнил своё обещание, позволил ей погибнуть. Она помогла мне, помогла пробудить мои чувства, помогла пройти по зелёному мосту, соединяя меня с земным миром, потом мы поссорились, не общались, она часто намекала, что у неё появились чувства, я лишь говорил, что она мне дорога, скрывая свои чувства, лгал самому себе и поверил в эту ложь, так не должно было случиться. Я закричал.

— Отец! Род Шаманов! Помогите!

Но в ответ лишь тишина, я только услышал тихий шёпот, который вместе с резким дуновением ветра зашелестел.

Мы не можем помочь,

таковы высшие законы.

Вместе с моими слезами полил дождь, но я не обращал внимания, даже когда промок до нитки и трясло от холода, я продолжал сидеть и держать её; я мог остановить дождь, мог сделать, чтобы вышло солнце, мог узнать тайны мира, я много чего мог, но только одного я был не в силах сделать — это снова сделать, чтобы Лея была жива. Она была так связана с природой, жила в лесу, была такая искренняя, мир её изменил.

Вскоре дождь перестал лить, и из-под туч вышло солнце, освещая пространство вокруг своим ярким светом. И вдалеке можно было наблюдать отступающую армию в темных доспехах; они шли назад на восток, потерянные и бесцельные, ими больше ничего не двигало, не было смысла сражаться, ведь их предводителя не стало, вестник пал в сражении с избранником, каждый человек знал, кто спас этот мир, многие радовались и славили вестника, но они не знали, чем ему пришлось пожертвовать в этой битве, многие пали в этой войне, и на поле сражения бродили шаманы и их помощники, собирая тела умерших, чтобы сделать большой костёр, прощальный костёр, в котором будут провожать воинов. Друиды возвращались в свои леса, неся раненых и павших. Они тоже понесли потери, но народ встречал их словами благодарности. Возможно, теперь к ним не будут относиться с опаской, видя в них также людей, которые боролись со всеми княжествами сообща.

Княжество Дароград было полуразрушенным, но князь и его жрец выжили в этой битве; собирался народ, некоторые радовались, некоторые рыдали, ведь многие потеряли своих близких, но люди знали, что это была цена свободы, и те, кто пал, когда-то снова вернутся в этот мир или в другой, ведь ничто не исчезает без следа.

Глава 17

Бог судьбы

Я всё продолжал её держать на своих коленях, не веря, что больше не смогу быть с ней. Так не должно было случиться, я должен хотя бы что-то сделать. Я погрузился в грани этого мира, пытаясь отыскать хотя бы частицу того, что её спасёт. И увидел три фигуры в капюшоне; они смотрели на меня и тройным голосом проговорили.

— Ты звал нас?

Это были три оракула. И я спросил у них.

— Скажите мне! Вы ведаете, что будет, вы знаете, как мне её спасти?

Они посмотрели на меня своими глазами, в них была мудрость веков.

— Мы можем помочь, ведь твой амулет спас её, но её дух ушёл не выдержав боли, и мы можем её вернуть, но у бога судьбы есть условие: за это ты должен расплатиться, ты отдашь нам свою память, ты забудешь всё, что было и снова окажешься в своём селении. Она тоже всё забудет и вернётся к друидам, и никто вам не расскажет что было, ведь все, кто могут, тоже забудут. Все будут лишь знать, что избранник спас этот мир, но после сражения он пропал, и никто не узнает, кем он был, даже те, кто знали, забудут его настоящее имя. Таково наше условие! Ты согласен?

— Я согласен... — прошептал я.

ЭПИЛОГ

Кир, очнись! Я открыл глаза, свет солнца ярко светил, и я невольно прищурился. Рядом стояла Риана, моя сестра. Она сказала:

— Ты сейчас всех напугаешь, орёшь на всё селение. Ты в порядке? Что тебе снилось, кошмары?

Я потянулся и сел на край кровати. Мне снится сон уже не первый раз: девушка в платье из растений, потом луна закрывает солнце, и потом белый свет, какой-то лицо с глазами темного огня, и все время какой-то шепот с разных сторон. Риана покосилась на меня и покачала головой.

— Нужно пойти к жрецам, может они помогут.

Я улыбнулся.

— Риана, я сам почти жрец. Завтра проведут обряд, когда я наконец обрету свою касту и стану служить людям. Я думаю, это просто кошмары и не более.

— У меня для тебя подарок.

Риана весело улыбнулась и достала что-то из руки, которую держала за спиной. Я покосился на то, что было у нее в руке.

— Серьёзно? Ты отдаешь мне браслет, который забрала, когда мы были детьми?

— Ты моего деревянного коня так и не вернул, скажи спасибо Кир и да, с днём рождения тебя. Пошли, там уже многие собрались, будем отмечать, а то спишь постоянно, пора выйти на улицу, может, и кошмары пропадут.

Она толкнула меня, смеясь, и выбежала из юрты. Мне сегодня семнадцать лет, хотя касту обретают в шестнадцать, но тот год прошёл как-то смутно, я просто жил в своем селении "Ветви древа", ходил на разные занятия, правда, когда пытался вспомнить какие-то фрагменты, начинала болеть голова, как-то странно, или это просто такое временное состояние? Было такое чувство, будто у меня что-то забрали, но ведь все на месте, я пощупал себя за тело. Ладно, хватит себя накручивать, нужно и правда выйти на улицу, день рождение все-таки.

Девушка в зелёном платье, сплетенном из растений, сидела возле дерева и что-то рисовала, вокруг был зелёный лес, птицы пели вокруг, и веселые голоса с разных сторон, все что-то праздновали, танцевали. Издалека её позвали: "Лея! Хватит сидеть, рисовать свои рисунки, пошли с нами танцевать!" К ней шла её сестра Брайана. Лея опустила кисточку и краски и скрутила пергамент, держа в руке, посмотрев на свою сестру:

— Вот и танцуйте, а мне дайте спокойно побыть одной.

— Лея, ты какая-то странная, вечно рисуешь, задумчивая какая-то, что с тобой происходит?

— Я такая, как всегда.

— Тогда дай посмотреть, что ты рисуешь!

— Не дам!

Брайана пыталась забрать у Леи рисунок, но та лишь крепче ухватилась за него.

— Та ладно тебе, Лея, чего ты такая скрытная? Может, влюбилась в кого-то, а?

Лея покосилась на свою сестру сердитым взглядом, а Брайана уловив момент выхватила у неё пергамент. И побежала, Лея устремилась за ней, Брайана, развернула пергамент на бегу, там был изображен парень, у него были синие глаза и волосы цвета пшеницы, он стоял рядом с девушкой, что была в платье из листьев, и они держались за руки. Брайана упала, и Лея выхватила у неё рисунок, а потом Лея села на землю и разрыдалась.

— Лея, прости, я не хотела тебя обидеть, я не знала, что для тебя это так важно.

Брайана обняла Лею.

— Все хорошо, ты меня не обидела, ты спрашивала, почему я такая странная, мне снится постоянно он, — она указала на рисунок, — мы с ним будто связаны

чем-то, во сне всё так хорошо, и я его люблю, а когда просыпаюсь, слезы наворачиваются на глаза, я знаю, что это сон, но старые друиды говорят, что сны это проход в другой мир, что это может быть? У тебя когда-то было такое, Брайана?

— Брайана отстранилась, потом задумалась. Прямо так не было, но было, когда влюбилась в одного парня, что шёл через наш лес, правда, я видела его всего один раз, но потом он мне снился. Я думаю, у тебя просто хорошее воображение, Лея, ты рисуешь красиво.

Лея вытерла слезы и шмыгнула носом.

— Может, ты права, наверное, это лишь сны, и нет в этом ничего связанного с реальностью, и правда, мы же никогда из леса не выходили, а он совсем не друид. Пошли танцевать, Брайана. Лея и Брайана взялись за руки и побежали, смеясь.

А рисунок так и остался лежать на земле, вскоре пошел дождь, и рисунок залило водой, краска стекала по рисунку, смывая всё, что там нарисовано, оставляя лишь снова чистый пергамент.

Пророчество трех оракулов:
"Кто были потеряны, найдутся вновь,
Ведь в их сердцах горит любовь.
И нет в любви преград,
И дождь прольётся, и начнётся град.
Слезы разлуки развеет сад,
И чувства горя огнём любви
Стремятся снова к красоте зари.
И звёзды смотрят издали
На их сердца, что разделены,
Но снова встреча им суждена,
Ведь шепчет об этом сама судьба".